夕阳下这土地

黄保强◎著

光明日报 出版社

图书在版编目(CIP)数据

　　夕阳下这土地 / 黄保强著. -- 北京：光明日报出版社，
2018.10
　　ISBN 978-7-5194-4707-6

　　Ⅰ.①夕… Ⅱ.①黄… Ⅲ.①诗集-中国-当代
Ⅳ.①I227

　　中国版本图书馆 CIP 数据核字(2018)第 232490 号

夕阳下这土地
XIYANG XIA ZHE TUDI

著　　者：黄保强

责任编辑：杨　娜　　　　　　　责任校对：吕杭君
封面设计：景秀文化　　　　　　责任印制：曹　净

出版发行：光明日报出版社
地　　址：北京市西城区永安路 106 号，100050
电　　话：010-67021047（咨询），010-63131930（邮购）
传　　真：010-67078227，67078255
网　　址：http://book.gmw.cn
E - Mail：yangna@gmw.cn
法律顾问：北京德恒律师事务所龚柳方律师

印　　刷：四川科德彩色数码科技有限公司
装　　订：四川科德彩色数码科技有限公司
本书如有破损、缺页、装订错误，请与本社联系调换，电话：010-67019571

开　　本：145mm×210mm　　　　　印　　张：8.5
字　　数：200 千字
版　　次：2018 年 10 月第 1 版
印　　次：2018 年 11 月第 1 次印刷
书　　号：ISBN 978-7-5194-4707-6
定　　价：36.00 元

《夕阳下这土地》序

王辉斌

　　2017 年 5 月下旬，我从欧洲回来后的某一天，黄保强君拎着一摞厚厚的诗稿来到我家，说是要我为其诗集《夕阳下这土地》写一篇序。作为老师，为学生的诗集写序，理所当然，因此我当时便一口应允。在我的印象中，黄保强君于湖北文理学院学习期间，就一直有着写诗的爱好，并发表了一些新作，而难能可贵的是，2007 年 8 月，他关于宋词艺术研究的毕业论文，还获得了湖北省大学生毕业论文一等奖。眼下，他在获得了硕士学位的基础上，正准备报考某大学的博士生，我衷心祝愿他一举中的。

　　这是一部新诗集，共收诗作近 200 首，其始自 2004 年，已历十载。而正是这不间断的诗歌追寻，成就了作者的一条诗人之路。黄保强君出生于甘肃农村，2003 年 8 月考入湖北文理学院，2007 年 7 月毕业后辗转就职于某央企，因工作出色而调任武汉，且直至于今。因此，作为诗人的黄保强，对亲人的牵挂，对故乡的怀念，即成为这部诗集的一个重要类别。而且，这类诗大都内容恳切，风格朴实，如《夕阳下这土地》，写故乡"土地下的幼虫""羊群""核桃树""胡麻草"等，就极少使用修饰性语言，但作者赋予"这片土地"的浓浓之情，却尽寓其中。其他如《下沙，如乡愁》《雨，落进深秋故里》《寻梦漠西，骆驼草》《牧羊者墓碑》《父亲的回忆》《父亲的远方》《何处故乡》，以及组诗《如泥土的爱》等，都具有这样的特点。这类诗虽然也写景，如"打起太平鼓，多彩的滚灯/如同丰收，积垛的麦场，铜铃声声"（《雨，落进深秋故里》），"孔雀　祁连　昆仑/奔马　古魂　彩壁"（《寻梦漠西，骆驼草》）等，但其纯为一种意象组合下的白描，质朴、真切而又自然。特别是《寻梦漠西，骆驼草》一诗，很容易让人联想到800 年前马致远的那首《天净沙·秋思》来，《寻梦漠西，骆驼草》的意境，明显地受到《天净沙·秋思》雄浑、苍劲的启示，在同一个频率上实现了情感的共振。

《夕阳下这土地》中的另一重要类别，是对爱情的描写与颂扬。众所周知，爱情是一切文学作品中的一个永恒主题，所以，黄保强君的这部诗集，自然也与其关系密切。其中，既有对他人爱情理想实现的见证，也有对自我爱情经历的描述，而后者，因为是建立在"相恋——相知——相爱"这一基点上的，故其于爱情的收获，更洋溢着一种浪漫的色彩。谈及诗歌中的爱情，我想起了一件往事。20 世纪 80 年代末期，我与时任《长江文艺》主编的刘益善应邀为某诗歌学会做讲座，刘益善讲新诗创作，我讲旧体诗创作。期间，当我讲到诗歌如何制题时，引了李商隐《无题》以为例证，并说这是一首很优秀的爱情诗云云。休息时，一位学员对我说，当今写文化诗的为上等诗人；写寻根诗的为中等诗人；写爱情诗的为下等诗人。言下之意，他是写文化诗的，属于上等诗人。我听后愕然。讲座结束后，我劝这位诗人把《中国文学史》好好地读一遍，他说是中专毕业，没读过大学本科，我更愕然。几十年过去了，但每当我想到此事时，便感到那位"上等诗人"的可笑与无知。

黄保强君则不然。他不仅喜欢写爱情诗，而且也擅长写爱情诗。正因此，在这一部《夕阳下这土地》中，仅诗题与爱情相关者，就数以十计，如《牧马者的爱情》《睡醒的爱情心事》《一百个海子，爱情吟唱》《花生里，爱情故事》《爱情，灰色画作》《草原爱情》《我们的爱情》《走过的爱情》《味道系列之爱情》《两个人的爱情》《爱情的风》等。而在诗题中未及"爱情"二字的爱情诗，数量就更多了，比如《我与红色珊瑚刀》，就是一首写得很好的爱情诗。诗以第一人称的形式，述写了一个牧羊者的爱情："我紧紧攥着珊瑚刀/来到这个世界/我只会牧羊/并以之为乐　为生/……那一天/一个女人到了我的身边/她用身体/记录一只蝶的伤痛/她用身体/记录我的绝望/……他把他的珊瑚刀/留给了那个女人。"凄美的结局，给读者以无限想象。又如《竹林语》，写一位孤独少女的爱情："竹林，鸟鸣，寺庙钟声/少女，孤独中/释放一早上的/阳光，晨露/竹林墙外竹林雨/写尽江南/爱情/无数个，宋词惆怅/春尽处/落一地桃花/三两瓣/画一生沉浮。"语言简洁，画面清新，很好地传递出了少女于孤独中对爱情的萌想。类此二诗者，《夕阳下这土地》中还有很多，细心的读者自是可从中一一领悟的。

而追忆历史、缅怀历史人物，则为本诗集中的又一个重要类别。但值得注意的是，作者咏写历史，不是直接着眼于历史人物与历史事件，而是通过对某些历史遗迹、人文景观等之寻访与凭吊，以及读史等之所获，去表达自己对历史的认识，如《屈子梦过来过》《过塔尔寺》《曲阜》《楚大夫》《读史》《在兰州》《宋朝猎户》《青瓷》《青海湖》等，即皆为这方面的一些优秀篇什。以《屈子梦过来过》为例，读者即可窥其一斑。此诗通过"梦两千余年流放的老者"这一时空背景，于诗中设计了两个历史人物，一为南方被流放的屈原，一即北国被扣留

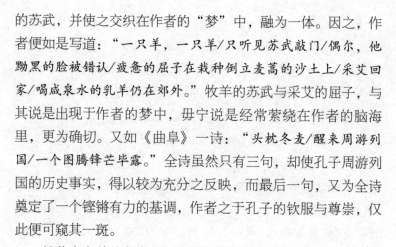

的苏武，并使之交织在作者的"梦"中，融为一体。因之，作者便如是写道："一只羊，一只羊/只听见苏武敲门/偶尔，他黝黑的脸被错认/疲惫的屈子在栽种倒立麦蒿的沙土上/采艾回家/喝咸泉水的乳羊仍在郊外。"牧羊的苏武与采艾的屈子，与其说是出现于作者的梦中，毋宁说是经常萦绕在作者的脑海里，更为确切。又如《曲阜》一诗："头枕冬麦/醒来周游列国/一个图腾锋芒毕露。"全诗虽然只有三句，却使孔子周游列国的历史事实，得以较为充分之反映，而最后一句，又为全诗奠定了一个铿锵有力的基调，作者之于孔子的钦服与尊崇，仅此便可窥其一斑。

从艺术审美的角度言，《夕阳下这土地》给人印象最深的，就是善于写人，即作者善于通过"人"来反映事物的本质。所以，读者只要打开这部诗集，作者笔下各种各样的"人"，就会纷沓而至，如历史的，现实的，国内的，国外的，可以说应有尽有，其中，又以现实生活中的一些普通劳动者居多。正因此，诗集中的"牧羊人""牧马者""天桥卖唱者""园艺工""新娘子""琵琶女""湘西女子""衰老的祖母""外祖母""祖父""父亲""母亲""钉秤手艺人""捏面人""裸身纤夫""重庆棒棒""唢呐吹手"等，即构成了一幅千姿百态的劳动者人物画廊。作者以这些"人"为描写对象时，主要在于讴歌其种种美德，如对拾苞米女人忍着病痛劳作的赞美（《拾苞米的女人》）、对老扎匠精巧技艺的称颂（《老扎匠》）、对钉秤人细致认真精神的肯定（《钉秤手艺人》）等，即无不如此。中华文化的传统美德，通过这些"人"的传承与发扬，得以代代相传，而作者写人的内核之所在，即在于此！

诗歌的内容和形式，是作者自始至终关注的中心议题。也许正是这份格外的"敏感"，成就了那篇以结构分析为重的毕业论文。因之，在后续诗歌创作中，承袭"时空关系"下的"物我""陡转"，看似平顺的抒怀，在最后一程结构和意蕴上出现转折，往往开启又一重新的境界。如《归来时春天》《麦城请愿者》《过塔尔寺》《燃烧的麦城》等，前部分讲实，后部分则上升到精神层面。从结构上，前后也并非推陈出新的决裂，但在内里又有游丝粘连，一脉而终，因而并不使人有所"顿"感。

作者不断的创新意识，在这本诗集中得以较充分体现。除了上述所分析的题材、结构外，于体裁上体现了作者掘进融通的重重努力。从体量的角度看，诗集中微诗歌、短诗、长诗等，不一而足，这一定程度上彰显了作者对诗体的驾驭能力。

以上，是我读了黄保强君《夕阳下这土地》后的一点感想，并将其形诸文字，是为序。

2017 年 7 月 18 日于古隆中求是斋

诗歌，点亮我眼前黑暗的一盏灯 （自序）

　　我的母亲常说一句话：人的眼前头，路总是黑的。每当在我失意的时候，这句话显得那么出众，那么贴切。

　　诚然，路是黑的，是生路，就得需要一盏灯。因何而与诗歌结缘，我也说不清了，或许跟母亲的这句话有很大关系，因为唯独这句话如同刻在我的脑子里了。

　　但刚开始写诗，却远没有这句话这么诗意，而是功利性十足。步入大一，一个大我两届的学长，在看到我参加全校征文大赛的获奖证书时告诉我，既然文笔这么好，就多参加各种比赛吧，草庐文学社每年都承办各类诗歌创作比赛，优秀作品可向外报送，如若获奖了，还可向院系申报单项奖学金，数目不菲。

　　听了他这个煽动性的话，我摸了摸干瘪的口袋，决定还是拼一把。

　　三点一线的生活是极其枯燥的，好在始终有一摞书陪伴。梦想的力量总是无穷的。每天课间，我都像一头疯牛，潜入诗海中。晚自习熄灯后，我会借宿舍楼道的灯光继续读诗。当中间停顿的时候，楼道的声控灯就黑暗了，当继续高声朗诵的时候，灯又亮了——我不得不说，此刻我正印证母亲的那句话。

　　就这样，坚持了一个学期，闻一多、徐志摩、戴望舒、李金发、冯至、李广田、艾青、卞之琳、何其芳、辛笛、覃子豪、纪弦、穆旦、李瑛、余光中、郑愁予、昌耀、北岛、舒婷、食指、多多等诗人的代表作、诗集基本都被我读过了。这期间，我模仿性地写了《死的海，不再归来》，刊登在校刊上，如一盏明灯，让我看到比原来更远的路。

冥冥之中，似乎还有另外一种力量，如同即将发芽在心田的种子，和我这一个学期的疯狂交相辉映。我不得不信，那是我用诗歌在唤醒已经沉睡多年的文学启蒙。

回顾蛛丝马迹，总会水落石出。大约从能记事起，我的祖母就用烟草盒子给我剪三国和西游人物肖像，什么烟草已然记不清了，但那没有色彩的人物肖像这么多年仍栩栩如生，刘关张的胡子、唐僧的僧帽、悟空悟能的兵器如同近在眼前，不曾远离。五岁的时候，只有小学文化的母亲就教我背诗词了，现在我还记得背诵"白日依山尽，黄河入海流"时候的情景。同时，这位朴实的农村妇女一本正经地告诉我"你的父亲是唐代著名诗人"。当时我对这个完全没有概念，只知道应该很了不起。也确实了不起，我的父亲只有高中学历，但他跟别人聊天时经常成语不断，妙语连珠。我上初中时父亲送我一本成语小词典，让我精读。当时看完后我的成语储备量应该是超越同龄人的，我还记得有一次课堂上成语接龙，我说出"杯弓蛇影"这个成语时全班同学那种羡慕的表情。受这些启蒙的影响，我上小学的时候作了两首诗歌，一首《题画》，一首《背影》，是歌颂我母亲的，也被我的妹妹转抄在封皮印有周慧敏肖像的笔记本上。

后来，因为学业就没有进行诗歌写作了，直到 2003 年，我背着那些著名诗人的诗集重新上路，再次引燃了写作热情。当然，几次不小数目的专项奖学金也同时发挥了作用。

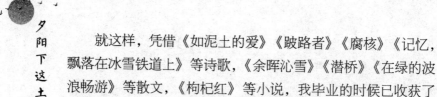

就这样，凭借《如泥土的爱》《跛路者》《腐核》《记忆，飘落在冰雪铁道上》等诗歌，《余晖沁雪》《潜桥》《在绿的波浪畅游》等散文，《枸杞红》等小说，我毕业的时候已收获了一大摞荣誉证书，也正因如此，我收获了第一份工作。

从象牙塔走向社会，丰满的理想与残酷的现实发生激烈碰撞，浑身使不完的劲遭遇了狭窄的业务、冷嘲的目光和神情，迷茫、彷徨接踵而来。那个时候，我学会了喝酒，和一众小伙伴每晚酒散后，沿着古香古色的北街，一直穿过小北门，望着漆黑的汉江，仿佛它足以洗涤我身上的落寞。

然而，这种消沉并没有持续多久。当生命中出现爱情时，我诗歌的灯塔不得不再次燃烧，以至于在迎娶我的新娘时，一首短诗就照亮了整个 T 台，这是一条连接我和妻子的唯一通道。

如果说融入异乡是十分艰难的，那是你还未读懂生活。从襄阳辗转到十堰，再到武汉，从地图上看，如同一个大大的倒着的问号，而我没有"莫愁前路无知己，天下谁人不识君"的洒脱，也找不到走向未来的出口，诗歌就成了我最好的寄托。一个"异乡客"，用他的别扭描绘了这座城市的霓虹灯、滚烫的马路、陌生的树，同样也摹写了和其同病相怜的卖唱者、杂耍人。

人在异乡，格外怀念故乡。19 岁之前，我一直是一个叛逃故乡的人，总想通过发奋读书，走出这个冬春之际就刮沙尘暴、无比干燥的地方。然而，19 岁之后，当我如愿以偿地来到一千多公里的外地，又心生回去的愿望。可惜，生活不会总顺从着一个人。人总是矛盾地来，也会矛盾地去。当无法实现时，诗歌就是脚下的路、水中的船，带着思念一齐走。

如同莫言的高密东北乡、沈从文的湘西世界，作为一个业余写手，我也有一块净土——家乡旁边的兰化厂，我 6 岁以前的记忆都在这里，我的诗歌，也从这里发酵。现在，通过我的诗歌，我依旧可以回溯到腾格里沙漠，回忆起我已逝去的祖父和他生前放牧过的那 100 多只羊，想象苍鹰捕捉小羊俯冲下来的情景，回望过年时舞龙舞狮、划旱船等民俗表演……

时光总是这么快，如今，33 岁的人生，依旧与诗歌为伴。从开始系统性地进行诗歌创作，到现在一晃就过了 13 年。最初的功利，却不知道为什么消失了，只知道，我所写的分行体，是为个人而写，是为了疗救自己，让急促的脚步等待深沉的思想，是一个解剖我个人生命的过程，与他人他事无关；也希望通过诗歌来围一座城，减少时光的蚕食；也在寻找早已丢失的自我，也许，穿过纷繁复杂的社会角色，这个自我要付出一辈子的努力方能回来，世间的事情总有很多不确定性。无论如何，生活还得继续，只要往前走，总会遇到彩虹，到达远方。

湖北省作协副主席高晓晖说得好："以诗歌照亮自己，温暖别人。"尽管我现在打通了微诗歌、短诗、长诗、诗剧的创作，但也仅仅是一个业余写手，仅仅是小火苗阶段，把自己眼前的路照亮就好。

我将我上一本诗集的名字定名为《灰煤告白》，因为我觉得，我就是那块煤，我还需要诗歌这盏灯，为我点燃，为我引路！

目　录

深色的枪

并没有天降异象
并没有山崩地裂
传说中以香头为靶练过枪法的人
无论冬夏，汗水迷离双眼
枪声响彻黑夜
冬青沟的山和枯萎的草
将在敌人进犯时喷射火焰
村庄的人，筑墙为城
让劫掠者远离牛羊、麦子和青稞
饥饿和恐惧如同枯萎的秋叶
拂晓的马蹄如约而至
菊花帅仿佛一片黑云
两条青龙盘在臂膀
一把大刀和雕弓俨然将军
百年前的麦草和清油在墙角燃烧
强盗即将进入村落
一块块滚石散落，第一波的阴谋随风而逝
聚集更多披着羊皮的人
退守到一个埠子，山窑前架上黄枪、常龙、台枪三支火枪
填充火药，弹无虚发

年迈的母亲以醋冷却滚烫的枪膛
跌落下马者倒在血泊中
慈悲的母亲含泪让儿子收手
在菊花将军失去冰冷的刀之后
深色的枪即将成为一块暗沉下去的煤
经历雷电雨雪，足够一株锈迹斑斑的艾草
繁衍
一颗颗剥落的子弹就是你的儿孙

谨以此诗献给热爱和平、驱逐强虏、守卫家园的先祖"神枪手"——黄建章，并致敬黄承祖、黄育会、黄登毅、黄登河等传承家族光辉历史的长辈。

屠狗记

屠狗的
挨村挨户
在狗吠声中推开木门
一张浸满汗味、烟味和羊膻味的钱
可以索要一条狗命
尼龙绳子，拴住脖子，仅仅一墙之隔
狗的窒息扑腾，仿佛一棵系着的白菜在风中挣扎
倔强的骨头，撑着白色的毛皮
如同雪盖在茅草垛子上
生死，不过是一种勒索
一些粗糙的麦麸来不及消化
落到地上，好比雨水打湿的种子
种与不种已经成了两难的棘手之事
短短的几分钟，尖锐的争斗复归平静
放出黑色的血，小心地剥掉皮毛
来不及擦干净寒刀上的血渍
匆匆地收着狗皮
狗肉包进一个透明的袋子
冬日，自行车上僵硬地来回荡漾
像极了子宫中初生的婴孩

等待第一声哭泣

环顾周遭，阳光下血渍殷红

一个画押似的书写：杀狗者，太平马金川也！

地图上的三声枪响

如果只是一个诗人
用文字攒成子弹
野火烧不尽
所有塌陷都曾是一块失地
鸡鸭鱼、牛羊和诸多献祭一般
蛇蜕下华丽的皮，无辜者亦不能幸免
煤的黑心始终燃烧
研磨，书写，一封家书
我大概能说出二者不可名状的相同之处
颜色与真诚，即使一座城空留寂静
铺开江山如画
江河湖海，甚至千里铁道须臾即可到达
我不忍在春季狩猎
三声枪响，两地流离
应声叶落，故土的天空
少了几颗供祷告人寿年丰的星星

一只牦牛的理想

如果没有一片云
没有一镜湖
白色的牦牛
仅仅低头饮水，赶路
不会知晓头上的角是黑色的匕首
拂过每一根野草的生疼
不会知晓人和这座城的神秘
飞鸟只是个打前站的信使
我的溢美之词暂时收敛
把一堆火和弥撒相提并论是对主的不敬
绕过磐石枯树
蹄音好比一面鼓上落下双槌
今夜何处打尖，不能错了宿头
沿河而栖尚不能与鱼一诉衷肠
活着是一道风景
死去，也要高傲过头顶
晾晒的肉干中正直的魂走遍敖包
相约一世，醉了兄弟
也要还我山河

磨刀石

最先回忆起，是"磨刀霍霍向猪羊"
兄弟之情重于
殷红之血，锋利之光
一块磨刀石，暗暗通向匈奴时代
如同马鞍，往返，只在家和远方
战鼓通通，征战把粮草和将士的习性来磨砺
火把照耀，儒雅之士会问及磨刀和研墨的差别
一本书力透纸背
记载某年某月荆轲刺秦
河水泛滥，老马会沿着宋朝的月光回营
修养锐气浩然之气
大司马与征夫仿佛千年祖例
这磨刀石和一把弯刀何尝不都是月牙下的伤害
也是相互成全
一千只粗糙的手
今生只顾度人锋芒

灯下闲语

和秋天无关
一面镜子会诉说一年之计的窘迫
处处是主人，处处是种植
卑微地活着，不需要名字
也不会听一个流浪者边一根根抽烟边近乎沉默地絮叨
夜间，才要飞舞的时光
等一切静默，死寂一般
它们一动不动站在那儿
或腐朽或被移走
午夜的黑暗有多大？
听，海浪一浪比一浪高
灯光和流浪的人好似远去的声音
火种，如同发芽的树
沙一层水一层慢慢长高
仿佛一个疲惫的孩子
刚刚找到喂马的草料

致故乡

我用所有的办法热爱
悲哀的，高尚的，卑鄙的
如同一株隶属于百合科的植物
让所有遇见都幸运地发生在春天
你所不知道的，弯曲的路
荒芜的盐碱地，映天的沙涛
低矮的老屋，陈旧的九宫格窗
都是我在一封介绍信中欺瞒外界的字符
十九岁那年，你把所有心事摇落
却没有眼见为实的丰收
多年后，我和你都习惯听"回来了"的招呼语
听说下雨的异乡会飘洒童年的味道
即使心中供养僧道
也数不过来究竟哪天该让信鸽送信
当傍晚倦鸟归林
当提起故乡，我们仿佛水手
这一年年受风受潮的伤疤
又开始隐隐作痛
我且画一柱高过屋顶的烟囱吧
再给一道熟悉的菜命上陌生的名字

盗火者

风再次吹干海水浸润的岩石
如同烹饪
从最简素的角度寻找灵感
这古老的记忆和你的反抗格格不入
一副镣铐就是铺撒在你身上的藤蔓
天生的书画家啊
你迷恋火的色彩重于宫廷的尊严
你偷了薪火相传的希望
偷了酒和整个春天
任你的帽子变成老鹰驻进心脏
你用手纹交织成网
先收纳落日，剑和盾
还有美和智慧
这个夜晚，你只想和无数浅草沉醉一场
和黑暗中的低矮眼神在一起
等一声又一声号子响起
桐木和楠木尚在沉睡
你从十面埋伏中突围
长成整个烟火人间一株不闻外事的高粱

生　日

今天，似乎更是两个人的命
缔结时刻
忘记要朝向北的方位赶路
我以三十多个挥霍的年华回溯
故乡，也仅仅是我停泊之所
北纬三十七度，我降生在寒苦之地
那些年，雪下得厚而且白

我的生长催促着母亲容颜渐老
正月里都是年
红对联，红鞭炮，火红的社火
每一个年都有不重的期待
母亲也曾是秧歌队中的一分子
那时的喜庆，朴实而且传承

如果要记住这是个私人订制
就烹制一壶丝丝燃烧的汤水
无数个夜晚
或在冥想，或在牵绊
时间，仍会告诉你

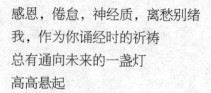

夕阳下这土地

感恩，倦怠，神经质，离愁别绪
我，作为你诵经时的祈祷
总有通向未来的一盏灯
高高悬起

或许，几个轮回后
会有大师告诉：你我
都是这虚构中的主角儿

藏匿的姓氏

一座桥一座山是一个分界
形形色色
听说北方有高原
适合供养我身体里的异族
你在铁树上拴着一条条祈福的红丝带
像极了分娩时的胎衣
你的手来不及触摸
一个愤怒的姓氏
随时向被解放的奴性和如痴如醉的奉承
和盘托出告别时的宣言
母亲的门高悬
所有人都在茶余饭后谈论一个缺席也倔强的姓
只有她在黄昏还唤着我的乳名
我们都不知道，江湖游医再次来过
一本百家姓翻了又翻

南国之南

好比一尊透明的雕刻
南国，承载阳光下所有奢望
有时是难得的冰凌
有时是轻到无声的花蕊
正是正午时分
万米晴空，眼前
脱粒的稻米犹在流脂
这世上，没有一个农人
在如此高的海拔抛洒汗水
逐一耕耘
在你的怂恿下，一粒红豆
以饱满的神情
俯下身去拥抱前世所有苍凉
大地丰饶，无尽的花红柳绿
偶尔的失重
并不掩饰你我这个距离的轻慢
南国之南
要么雨季，要么清风
想象，轻舟已过万重山
见到你的一瞬间

初心如昆戏
忘乎七百多年起伏的哀荣
咿呀呀
旦角和红豆，都生在这南国之都

一座城就是一个春天

曼陀罗花照样盛开
一座城，甘做一世樵夫
以一座廊桥画舫
垂涎所有白墙灰瓦后的暗角
我给予莫大的同情
向只开花不结果的蜡梅
索要过冬的粮食
我也学会在这陌生的水乡
播撒火种，嘘寒问暖
雨水的节气
多像一个逃逸者隐藏了关于水所有的秘密
我不会吐露我对一座城、园林、林中的花式不一的窗
一览无余的爱或恨
阳光下，即使一万年
他们也在走向死亡
我只是委婉地让你知道
所有辩解春天后的借口
包括水上渔火，是我无法拜月后留下的印信

王

远去了山和乡村的月
还记得要在一片贫瘠的土地上种植十五载的麦子
太阳、水，以及盐和铁
甚至埋人骨头的陶罐都在
孩子气的王
却用仅存的四本书搭把梯子
从另一个窗口窥探所有瞎子在这个世界围炉夜话
地平线上的王是孤独的
身体涌动颂诗的浪漫
偶尔大笑，偶尔失声哭泣
王的城堡可在偏僻的西部？
四个深爱的人也未能推开
听到列车汽笛的人是幸福的
王用最朴素的方式告诉
远方多远——
一个人走累了，可以肆无忌惮
放下行囊歇脚

关于一座山的礼赞

驼队，因为过客
三年前一步一步走向沙漠腹地
一道隘口，同样的驼铃声
有人酿酒，有人思归，有人逃离
承着我对所有长大和流浪的奢望
如果在错觉中礼赞这座山
得囊括它的全部
细腻的流沙，蠕动的羊群
枯萎的水蓬，弯弯曲曲的路
当然，高远的苍穹，低矮的村落
也是题中应有之义
无数个寒冷的冬夜，对火的渴望
对反刍牲畜的厌恶一样必不可少
其实，我最想给这里的荒芜安上一个关于绿关于生长的前缀
芒种节气会让人分不清哪些头巾
是挥汗如雨的哪些是依依惜别的
我会听一个素不相识和祖母年龄相仿的人絮叨
如果今年夏天你来
我将假以主人的身份
在屋顶上架锅做饭
那里，没有风声时离神和天最近

油菜花

我断不会以喷香和泄蜜等辞藻来形容你一地的琐碎
这些新生物总有隔阂
总是流里流气
我常想起童年的一堵墙
一座出门也不上锁的屋子
柴门里的院落，所有邻里席地而坐
如同一个最普通的油漆工
日出开始这个世界的粉饰
日落后蜕下虚伪的皮露出可鄙的真实
那时起，我眼中的油菜花永远长不败
是否有人愿意把熟睡的早春叫醒？
初识从可成为食用油的菜籽开始
一个逻辑的颠倒：先有菜籽后有花
一岁一枯荣，八十里地云，八十里地寒
耕耘油菜花的人或老去，或仙逝
立春过后阳气朝上
八十户的石门村，一封象征意义的家信
让一些人眼神贪婪成了刁民
三月的油菜花开始了新的孕育
跪着的人开始踮起脚

任花开花飞
谁说经由丰年你的爱粒粒饱满
这片土地被金黄俘获，依旧苦难深重
伤痕累累

酒　曲

很多朦朦胧胧及误会
会纠缠在这里
譬如杯弓蛇影
譬如去日苦多
煎熬于哪一种接受的阳光最多
我们会以年轮的身份赎回
自耕种到收获的粮食最醇厚的一面
撩开阴晴和尘封的封皮
一滴酒会融合多少汗水和炭火
释放心中藏锋的闪电
约一帮过着二流生活的智者
他们开始祝酒
一个春天该有的动作
你所不知，一个叫杜康的将军
仍披坚执锐，在采撷的岁月
把一朵沉醉的浮云推了又推

关于一个落后村落的遐想

几滴雨如同刚出穗的麦子
在一个漩涡中挣扎
下一站，秋天过于艰难
打东来的风，会带着生气
故乡，从今天起
统统开始繁育
比如崛起的烟尘和眷恋
星光下，所有隶属于腾格里沙漠的位移相同
一棵树苗和一株野草在生命的原点叙念想
祖母啊，你呼喊我的乳名
它就羞涩地小一节
犹如天空坠落的一叶牡蛎壳
和衰败的光，起舞清影

说 书

他应该经过一座叫兰州的城
灵魂或许分为两段洗礼
他应该和一个哑巴牧民打招呼
告诉燕群成云的假象
四月准备好的出逃
经历风向判断有宋朝的地点及人物
说书人不会计较烛台扑闪的红
一个台本
记录一次摇摇晃晃的醉酒和传奇
江山，由古而今，禁不住道声阿弥陀佛
一万年太久，就看看今晚的圆月
一枝梅花的逐客令仓皇
玉泉山所有黑暗坐禅听经

写在时间边上

麦城在向荒原迁移时过于拘谨
一些人闲适时喜欢诵读只识弯弓射大雕
风浪中，适于舵手引吭高歌
一些人缄默不语，生锈的笔
成为一只孤独的大雁
春天归来，秋天飞去
黑暗中无数星群选择消隐
时光之水啊同样格格不入
不舍昼夜，一路奔流
江湖，当然是众口一词
从两汉时代，一路呼号
圣贤之道，风骨如梅
一代人的活法
将无数个我大写成我们
在曲折中试探
有些人预埋的种子
直到他们屈辱地离开也未发芽
光和热，尚需透进醇香的泥土
南飞的候鸟，至今仍倒扣在地上
学会匍匐，学会迁徙

一个柿子的告白

残存时和大地最近
一部分是红的皮屑，一部分是黑的灰烬
常常被想象成灯笼
爱情故事跌宕起伏
这样，一棵树和一根火柴亲近联想
它们是在放肆中燃烧时
进去你的视野你的手掌
节气如同我们这个时代的节日
度过白霜
柿子，只在这红尘中匆匆一瞥
我所看不见的
你褪去光环的落寞
也蛰居一个信徒的业
所有烟尘，都是自我回归时飞翔的祈望
可能，今天一个以梦为马的诗人
会把所有诗句挂在一棵树杈上
阳光只比月亮晚了十二小时
所以该说一声：姐姐，我很想你

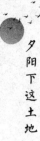

夜的遐思

完成白昼和黑夜媾和
蛙鸣是此刻的唯一契约
黑暗中战斗，光明中蛰伏
属于最当红的丹青妙手
遇见春分
一半是现在，另一半是远古
经历黄河古道曲折，祁连的扶摇而上
故乡的声息渐重
我能想象，潮湿的泥土中
你始终与一堆倔强的骨头最近
我的先祖，早在大变迁时期
当春直立，学会用火，结绳记事
经历唐的豪迈宋的辽阔
和一只蛙做伴
惊雷过后走向我
所有的灯遇风沉醉
仿佛你们归来时的脚印

给一座湖泊

叫九真还是女真，始终是纠结之事
大道中是否含有裸露的历史，取决于刻竹简的手
无论如何
在秋天的柿子树下谈论显得不合时宜
怒火，终于以火山的模样出现
先是滚烫而后柔软，柔软到渗透下去的灰烬
记忆中的颜色饱含颂诗的激情
一棵棵新抽芽的树打眼地绿
仿佛一群缺乏母爱的公鸡，脖子抽得老高
除了吃草籽和虫，还是否辨认
一个一无所有的人再次乘船到湖心
如果绝望，再读读捧在手里的聊斋
一本书里的世界仿佛山洞
开始时小到爬行之后到直立并排走动
所有记载和光照有关
湖边的信步及早上的落雨
都在追逐真相
谈谈爱情，多像湖上的摆渡船
一会儿你在对岸，一会儿我在对岸

美女蛇

一般都是一个报恩的故事
南宋的容颜，杭州的瘦西湖
轮回如同种植的因果
某府的点漆大门内仍留着你侬我侬的情话
光阴易老，书里的写意只通过忽明忽暗的甬道
美女蛇，一起经历清贫
雪天，不吃油腻的火锅
冰水中淘洗，灰尘和阳光
一样不能少，绘画，诵诗，假装浪漫
痛苦的妊娠，一件布满裂纹的瓷器才更珍贵
一千八百年修炼，只愿君心似我心

如花时节猜想

赋予你孕育的权利
所以历史关乎食色
所以倾国也倾城
一条河会见证，王朝更迭
更是母系旁落又崛起的全过程
居庸关上的烽火仍在燃烧
不是所有的命都尊崇一生
譬如因徭役串起的手脚
即便在青瓷上雕花也掩盖不了粗糙
谈起粟和黍的收成，仿佛洞悉了年的结局
如果有来生
如果赞美，请从江南的三月开始
细雨会倾诉，一个国
天空和繁花供养不败

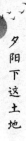

路过村庄

路过油菜花海，路过一个叫简爱的村庄
闲汉和掮客已经没有了赌局
睡眼惺忪地观望打酒或问路者
那些习惯算计的人
都把余下的时间放在秤盘上重新估价，打签
然后分给前来消遣的人
一瓶醋或者酱油可以倒出家长里短
午时三刻，并不是个吉祥的数字
和我同行的陌生人不得不分开
我们像两匹挥汗如雨耕耘的驽马
在余晖下，在越压越低的路面上
反复练习割麦子的动作

春天的名字

一个碱性的名字
可以是蓝色的天
天底下成片的绿和蠕动的虫
祖母仍旧在犁铧的土地间种植
如同掩埋一个人尽皆知的秘密
过往的岁月平凡到靠近黄土地的颜色
清冷而略带潮湿
砾砾狭小的间隙漏掉汗水和坚韧
与土地一起长成一片青纱帐
孩子们会在其中诵读——
每一个埋人的地方都曾是耕种的地方

远方何方

这不仅是一次挫败
怀揣干粮，走过河流和山川
走过他人的别墅，绿树成荫
这里都不是终点都不是目的地
地图上无谓的寻找，让我们度过童年直到老年
从现在开始
从一座旧居开始
门环和锁早已生锈
木门早已乌黑
不再相信任何字符和向导
远方无非是一双脚下或干或湿的路面
远方向南，是一夜的呼喊
一双手的距离

我想你

想你的时候很轻很薄
无异于一张赤裸的车票
记录汉水沿线的春耕秋收
记录一座陌生城市的摇曳
灯光蠕动时，仿佛在开一扇厚厚的铁门
我们把喝多的酒瓶倒立在破损的桌子上
没有人听到一次破碎就是一次谎言
地震也是如此，在我们心中翻越一个个黎明
都说草木一秋
还有什么能腐朽过时光
那些累积的虾球
代表酸甜苦辣中的辣
独自穿过雨夜，长成瞭望星星的樱桃

离别故乡

离别说重不重
不过是汽笛声声，况且况且
不过是由北到南经历雪和雨
春风千里，沉寂下来成了每一年
庄稼的起点
不过是把每一句唠叨背负在身上，记在心里
在外乡反复咀嚼的过程
行囊递过来，如同一个托付
荒凉一般都从心底开始
经过脑后，在眼眶中打转
世界是圆的，也是模糊的
行路匆匆，无关春分节气
所有风景，和宣纸一样
一刀一刀铺排，滤出疲乏
操持同一方言的人
无精打采吟诵"桃花潭水深千尺"

路的路

如果在夏季
一条路任冬青树，任车水马龙
命名为全力路
仿佛和故土仍有千丝万缕的联系
以脚步丈量并修行
你会碰到悬棺，也终将隐匿阳光
凿子如同耿直的渔夫
黑土是一年一度引以上钩的饵
乒乒乓乓，火花中
看到北斗七星，江畔已不是古老的江畔
我们以一口流利的方言
在淙淙东流中说
酒后的姐姐孤独到红月向西

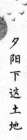

昭明太子传

古香古色，仍在一阵急雨中冲刷清白
历史会淹没多少假象
一砖一瓦，甚至一小撮青苔
料想当年昭明太子着青花瓷服
和一群收割稻谷的小民讨论收成和天气
所以百年之后筑土为台
以讹传讹的功德或从一缕青烟中
淘炼流芳后世的传奇
如果和降雪和马蹄有关
请不要陷入战火，避免流离失所
以盛唐气象和楚辞之悲形容一个朝代
都需要小心翼翼
你手中的弓箭，仅仅是难民逃亡时
向北的指针
所以非家信都以"望北而拜"为始

石门村故事

土坟的四翼扎上木桩
仿佛穹顶下的柱子

年轻时为生计驱使
见家狗悬于墙惨痛声扣心
桌边的金币和酒，不负杀祭

献祭油黄的小米和嫩鸡子
闭目祷告，栓木的白线
如同弹奏的琴弦，声声逼迫渗入毛孔

年迈啊，作为信使
生来向善，将那迷妄者劝回来路

日出之时，坟丘的石供桌旁
土门洞开，祭拜者在梦中
见灵光闪烁

村庄，由西向东
或由东向西，你的朝向

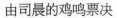

由司晨的鸡鸣票决

夜晚即便黑暗
十三月的民歌，从牧羊者家中传出

向石门村，无数稗子
无数家禽
挣脱桎梏一样长大

迎着太阳，那些在夜歌中惊心胆战
失魂落魄者向坟祭的路
向低矮木桩偏西的阳光，追去

唯有两根白烛静静燃烧
像他们空洞的眼神，长此不眠

给父亲的赞歌

炉火还没有熄灭
迟迟听不到那熟悉的脚步声
我多么希望你像个猎人
呼唤自由的风
以起茧的手张弓
甚至追逐腾格里的日头

而今，你背负行囊
仿佛一个盗火的贼
脚印串起整个麦场
这是你的版图，无论晴好

你只是一个平民的王
或深沉　或暴戾
用你健硕的臂膊和坚实的藤甲
为几棵幼小的糜子遮挡风雨

你说，细细咀嚼
这里有一个国度最大的快乐
最大的悲凉

历 史

站在樽醪的立场
我们从公元后追讨到公元前
一些骨头重新复活成为摇橹之人
有时，一元的地下船票
也诱惑不了逃荒的人
他们，靠着诗歌仍滞留渡口
他们偶尔讲到夸父和桃林的故事
讲到盛世修史，时而沉重，时而晦涩
编纂者的耳朵会长出倔强的藤
它们，作为预言者告诉后来者
无数生民只是栽种，收获群象
一粒沙，一块石——
是我们早上前去东都的马车遗忘的地名
黄钟大吕如同一个红色口袋
七月的风雅颂，楚辞
和一只天狗相约月圆之夜
有记载的地震
或许是一对蝙蝠俯冲时浑浊的叫声
稗官野史外你作为留白
好比一块舢板，在大海里起起伏伏
偷渡到现在

春天，春天

我记住你说的，"野火烧不尽"
一个雨点会催开一朵花
一座村落会收留所有为光走散的萤火虫
步步为营，豢养无数放纵
雨水照例滴答，和风拂面的假象
让所有猜测点绿叶蕾
甚至成群结队，匆忙到来不及道别
我倾向参与月夜争夺后的分赃
那时，你会寄宿在一个没有灵魂的金甲虫壳内
把一切自由的飞翔赞美
时年过往，我观望的幸福绝无仅有
我担心，一本书里的竹子
会夺去桃花所有的红
一个人的春天，正由此启程

一座城的春天

经过那层层锦绣
一本书开启的春天
落款：时间，地点与人
沾染读诗的灵气和人间烟火的浪漫
火一样燃烧
丑时
我掰着指头掐算
羊年，为孤独的人点燃一堆柴草
扑闪扑闪，如同夜空中唯一打开的窗
是谁，把落雪点缀在枝头
赞美你
不止低头浅笑，带走所有相思
今年，三月延长的花期
爱情自远方姗姗而来
磨山，东湖，三镇，四大洋
我只取一朵白云，一瓣落花
和七十八棵樱花树，向着故乡修行

樱　花

一

你把世界隐藏在高处
那一夜，所有星星下凡
东方智慧闪烁
为迷茫者照亮回家的路

二

半是悄然，半是缠绵
飞花令来
杜牧、辛弃疾月下对饮
赏雪东湖一白少年头

三

两千多年时光不负
高山流水
化成朵朵樱花
人潮中期遇山野樵夫

夕阳下这土地

四

五只银狐来
哪个灯台寄梦
黄昏深处隐现
一朵花蕊就是一个路人的家

知　音

卒于前 354 年
如果是春天
三月的桃花
定在楚地的绵绵细雨中含苞待放
如果是冬天
三百多种梅花，衰败会连着新生
你书写一份生死离别的告白
谱曲是第二年中秋
为一个樵夫哭灵
你的眼中
西出阳关
齐腰拦下的春风
被盘问出如丧知音
七度悲伤孤独，三度悲伤故人

想念祖母

天气凉下来，才叫北方
所以想念关乎不同的温度，不同的距离
够一个漂泊者一辈子走一路思一路
清晨，必然盘好那看似多余的发辫
故乡的勤劳，多和一个孤独的老人有关
一耙子又一耙子将麦草添进炕门
如同以燃烧的方式送别自己过去的日子
有烟有火，聚拢的热最会安抚最会打发时间
所以炕桌周围，才更多绣着花的鞋垫
所以才一次又一次用尽力道，重复穿针，重复引线
所以才佐着三餐粗茶淡饭，吃药
二十多年，苦是一种无以言说的类聚
是否会在黑暗中走这样的羊肠小道？
唯独夜晚，供奉长明香
把所有希望缩成一个火头
如同心中一个念想
不卑不亢，不悲不喜！

蛙 声

如果指鹿为马，颠倒黑白
鸣叫会是一个名词
也是偷来的唯一活着的一束光
上古的水井
仿佛一夜之间全部苏醒
七上八下整个辘轳战栗
蛙声，如同庄子喜欢的乌鸦
在天空在高处
我则静听在低处
身体里的果实重新着床生根
攥紧五千年的黄土
一粒沙枣在伤春之日"决起而飞"

海边，这样到来

听海潮涌动
如同一枝生笋被一层层剥开
疲惫和光露出来，蔚蓝和凌汛覆盖初来者的惊喜
南普陀寺的皈依大抵如此
苏绣历经一世浮华
码头，双子座和航标
重新从古道驿站出发
拓印成凌晨的大幕和星星
我们的眼睛，从此就是一扇门
春天，将错就错停靠在黑暗里的地平线
冬天，一株榕树倒挂和潜藏生机
从这里，听世界初始的心跳
几个狩猎者若无其事地走过
年少的故乡

自画像

好似你的肖像同时分饰两角
随即融化在嘈杂的大街上
看熙熙攘攘
一天一种模样
我们的不幸都是相同的
爱情，信仰，总是在低处
你偶尔允许一只老鸹决定起点
这里，从飞单到搭窝，到追逐繁衍
"太阳下没有新鲜事"
就这样偎依着取暖
所不同的是，温带或亚寒带风带着种子意犹未尽的偏见
除开影子，泥泞的粮道
你和他们没有本质的区别
此刻，我听见你的颂祷
犹如一粒沙落在荒芜的土地上

低矮的旧居

旧居仍旧活着，矗立在风雨中
比祖父矮，比父亲高
堂屋的大梁现如今只能简做厨房的小梁
锁链式的门闩
也只能锁闭一些旧物
退下来的铁锹、木锨
九宫格的窗子，依然瑟瑟作响
如同一片生病的树叶
酒缸里窖藏着果子
一天只许一个
我知道，全身逃离着
却依旧魔怔似地在这里
这里有我们活着的封底
不曾走远的秘密

枸杞红时

是谁，在离别的路口
将手中那条沾满黄土的头巾
挥舞
仿佛一只鹅在手中飞翔

我已等不及夏天那红果
鲜血欲滴的红果成熟
我能想象
那些挥汗如雨的姑娘
在夏天收获

你不是公主
却坐在夕阳下的桥头
你我
看那红色的汪洋

无数家人在劳作
仿佛一个个渔者
在洒遍余晖的海上
与手中的渔线抗争

我期待这样老去

害怕你走远
走失
现在的园外
人们不再关心物价
不关心政治
不关心书籍
只关心种茶的湿度
茶树上的虫子
园内的蔬果
浇水，施肥，打药
没有患黄叶病

走吧，静静地坐在胶藤树下
让风做羽扇
让露水降暑
看朝阳夕阳
听鸟鸣物动
春天何时再归来

你说梦话

是个天生的梦想家、诗人
你算计阳光到达屋顶
你在意茶园的摆设
像潮汐一样的月色下
一顶茶桌
呼吸满园的清香

是的，茶叶的脉线
告诉你经历的日子
告诉你拈花之态
懵懂睡意

我期待这样老去
无悔光阴一来一回

家　书

　　两个世界彼此的气候
一棵树，度过了四月的风寒
鼓足了劲淹留一个花蕾
冬月的午后
我从一两声叹嗟中苏醒

　　我不是偷油的贼
却为泥塑的菩萨赎罪
打扫秋叶尽落的庭院
一片光明只允许一句实话
我在心底念叨起伏的麦浪
拴狗的木桩，防雨的羊棚

　　八月的孕育
云流远远地瞭望
桃花的粉红，梨花的雪白
一份尺素的距离尽在眼前
父亲的扁担
母亲的脚步
匆匆夜色，仿佛普降的雪

簌簌地匍匐在路上

渡口
一艘一艘回乡的轮渡
仿佛我身上掉落的骨头
我把我的先人安放在背阴多雨的山南
松塔上，几十年结出的两地书
有小米粥和膻膻的羊奶的味道
有口琴吹奏的声音
有陀螺和响鞭的影子
有我们活着的轨迹

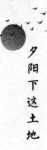

听琴琐记

轴线断断续续
一只蚯蚓的世界
韵律张扬

汴京北向
曾有大将五百
泥水中引吭高歌
中秋满月，弹指一挥间血肉模糊

余音缠绵
一条着蚯蚓肤色的鱼
穿过夏荷，寻那场征战中的马蹄铁
寻沉沦的圆月
寻山乡落寞的号子

饥寒交迫，我拿厚厚的铠甲和军粮
换你千年马头琴不离分
秋叶萧索
一字一顿，自然亦我身躯

我只是一个孩子
信奉山竹成长的攻势
头颅埋在沙棘中
让根部裸露
蚕食一千年外的阳光
蚕食世故

坎坷山河，仍留上古余韵
时光时光，可否重新来过？
我只想把我的琴声绑上战车
车毂交杂，碾碎失地

火把下
北宋历史下沙一般
断念成灰

今　夜

让风肆意凌虐
让睡意沉落
雨声依旧习惯性地做个看客

今夜，我只生活在京剧里
一改往常旦角戏份，咿咿呀呀
提花枪向东
三百部首换我十万俘房
以浑厚的武生唱腔
行云流水，逗唱一曲哀魂赋
字字珠玑，攒积满河愤怒

向东，向东
过西川，取潼关，横跨幽云十六州，辽河远望
河堤石栗，空有灵魂
头发是散落的琴弦
额头是斗大的墨宝
嘴巴是翡翠茶碗
只有鼻子修长
犹如对视抚弄的箫笛

风吹柳梢
清脆的鼻音外
《广陵散》再番和鸣

这漫长一夜
我和我的俘虏
都在红月下化成
聆听历史、仰头思归的石狮子

唯有京剧曲目
以讹化讹，传唱两百年

黄金谷一遇

一只空杯子就能带走我的灵魂
走时忘记了果腹的豆子
而今漂泊在繁华落尽的路基旁

我不识字,却随身带一张羊皮地图——
由这下坡
度你白了的头,白了的智慧
度你呆滞的牢骚和急吼吼的脾气

多少人觊觎一个叫黄金谷的地方
多少人有去无回
此刻,我只想找到一片种植黄豆的地方
忍着饥饿,等待明年的收获

夜空正如倒扣着的铁锅
闪烁的星星是陌生人盗取的火种
他们的马蹄由远至近
根据他们的描述
我在疲惫中扔掉的正是
让每个人都两眼放光的狗头金

我只是默默地浇水
看着发芽的豆子
我习惯了卑微的生活
也只是这沙漠的过客
无法承受人类之重
生命之重

荷

湖中的夏荷静静绽放
这湾水塘
足够盛下一个来者的
离情别绪

水的忤逆
钩的哀求
竿的清高
火的纵情
土的焦灼
这是你的小世界

界碑
月光下如一个腐朽的木墩
上面，零零碎碎布满
顽劣生长的苔
年年岁岁的命理
未曾变化

垂钓者如同一个个掌灯人

在夜空下
点亮盏盏白灯

荷，仿佛沉睡的羔羊
只是白天，它们散发
鱼食儿的气息

短 暂

爬过今晨瑟瑟的树叶
爬过今生泛黄的树叶
露水只怕一天比一天珍贵
你在我仰望的高度
筹划所剩无几的未来
热浪渐成强弩之末

过桥时，一对暮年夫妇
交换着喝水
仿佛喝一碗离别的孟婆汤
陌生的痛，喜不自胜
我破晓的躯体里，一直有
秋蝉反复苏醒，鸣叫

旧居的廊檐随想

这龟壳似的村庄
土地皲裂，万物仰仗雨
空前绝后的雨
我似乎看到木的廊檐
水从槽口到滚烫的土地
到神灵止步的门墩口

那时候父母年轻，健硕
和打谷场上的石碾，一起迎雨
迎初升的日头
高粱成熟时，我以陌生的面孔
如同一个献祭者
来到熟悉的木门前
望着旧廊檐，祖父告诉我
苦和乐，都随雨，从那里悄悄地来

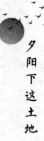

寺外收割

山坳里孩童偶尔啼哭
此时的黄鼠狼成群结队
矫健地蹿过路基
如同一个信使
传过村庄丰收的讯息
干燥的物候下
夜格外地长，格外深
一只暗处埋没的篮子
足以装满嗔痴执念

孩童，以石为镜，以天为顶
孩童，下雨前嬉闹，释放满手的麦芒
太阳止不住西落，在石头上有人
种一粒麦子
黑暗中，我即看见，母亲收割的情怀

简单的回忆

叔叔王是个焊工
也是个测字先生
他说过似火不似火
在黑暗中
以萤火虫为灯
白天，他点焊坏了的农具
我曾以为，萤火虫
以电击的方式
在他占卜的手中重新复活

有时，简单就像个盒子
一个平凡的焊点，一只萤火虫
让我收藏整个北方

你，和你的女儿们

猩红热唱山歌的老者
将学唱的画眉
挂在七水回绕的桃树下
仿佛砍柴的斧子
独自开刃

听着你笃笃的脚步声
仿佛从儿时起
你垒过的沙子
从你的脚底发育
成为一匹烈马
躲过一夏的热
毫无顾忌地钻进秋天的红高粱里

午间的列车
靠窗的空气即将衰竭
一个瓶子
只能盛装一颗会呼吸的头颅
故乡的愁，一夜之间
全部泛起酒窝，说起酒话

一夜之间
月亮成为能说会道的媒婆

你的女儿
拆药包的小女儿
手里正种着杜鹃
是啊，在夜空的星辰上种着
如是虔诚
你的二女儿嫁给了诗人
整天在故纸堆里捡字
码成迷宫
你的大女儿是鞋匠
她的眼睛是两条路
多少双脚在这冰潭口行走
她的体味，有乳，有汗和盐
有沉重的过去
她爱着一切男人
你，妻妾成群，女儿成群

向左的囚徒成为月亮
走过晋，南北朝的热风
唐和宋的肥瘦

给父亲理发

一

海岩是一只安睡的猴子
孤独地蹲踞在沙滩上
阳光仿佛一把锯子
墨绿色的如撑开的军帐
酱黑色的是海水影子摩挲的岩基

颤抖的暴风雨就这么轻佻地来了
波动在蝴蝶起飞之后
面目，绝不狰狞
穿起两个不同温度的线头

利刃在欢唱中一路前行
正如比赛的皮划艇
白色浪花被甩在午后

没有观众的演奏
注定孤芳自赏
来来往往

却不为名利
这一片江山
只高悬"家和万事兴"

二

像成熟的麦子
镰刀和光擦肩而过
麦秆一垄一垄倾倒在大地上
仿佛受了委屈的幼子扑在母亲的怀抱

一季的风、雨
无奈挡住成麦的欲望
分离,以泪或白雪皑皑

拉麦柴的拖拉机轰鸣
冬季的土炕张开血盆大口
仿佛吐一个潇洒的烟卷
留下余温
打麦场上扬起木锨
风滤出优势的种子
随时准备继续生长

黑面,来自贫瘠的麦田
通风的磨道,深夜大风中摇晃欲坠的灯光
——有人家处,赶夜脚的可暖心
有人家处,带希望去

也同希望归

三

这一抹儿的山包
祖辈发生过正义之战
血脉中传承忠勇
因为对麦子的爱
这里埋葬着祖父
埋葬着野枸杞和几只倔强的山羊
这里曾在一个火光映天的下午
几个农夫讨论麦秆和树叶的珍贵性

的确，这里的故事
和沙丘的风景一样，很长
一眼一眼望去
仿佛麦子
一年又一年
发芽，生长，死亡，落肥
撒埋的颗粒，仿佛偷生的岁月
一个个复活
一年
又
一年

梦回鼓浪屿

不是传说的南乡
却像是凤和凰的争吵中
遗忘的一颗蛋，浮在水面上
突然开成了蓝色的野花

飞机从我这里，划上逗号
在你看来，是疑惑的问号

这片土地，是那红字法师经袍一角
黏着柔和的晨曦、熏香
和你的性格
钟声是你遗漏的婴孩
木鱼关着你我的爱情

四进的院落
曾记住这里
一只猫也慵懒地幸福过
也和一群八哥谈情看余晖
榕树婆娑，一如你年轻的脾气
倒垂于地的枝条

仿佛我干瘪的发梢
那时，我以脚为头
拇指是我的眼睛
肚脐是嘴巴

这里的海，正焦虑地长大
陆地，正在下沉
文化，像个小孩子
以戏曲的方式告诉聪明的女儿
过去，掩盖茶碗光芒的过去

眼镜姑娘的绝技
在京剧唱腔中
出落得像穿过我嘴唇的油脂
像这村庄里
母亲手中的镰刀，尚在长高的青苗
灯下的雨衣，针和线

我以为，天是倒悬的海
轮渡中追逐的白浪
轻的成了云
重的降成雪
来自祁连有油菜花香的雪

阳光，是你给我的微笑
清新的味道
是你煮沸的甜言蜜语

海面上的航标
仿佛丛林中漂浮的树桩
我和你
曾面对面坐在那里
一宿不眠

夜晚，灯火懵懂
仿佛一只衰老的狮子
在岸边洗浴
眼睛疲惫
眼神中有远方流淌的生命
那晚，我听到了母狮子的怒吼声
我听到了婴儿的哭声
海浪无眠
仿佛南普陀寺呢喃诵经声

呓 语

漫天飞舞的焰火
是你光头上长出的耳朵和毛发

从老家出发
有个缠小脚的娇娘

洛阳的亲友都在发问
你是否从这儿，去往三国

拿泪痕下注的烛光
像极了微笑的旧风景老皮囊

我是一只蓝风筝
你扑闪的眼睛是翅膀

菜畦上昏昏沉沉，长成了太阳
光是绿的，像只甲虫的外壳

矿山上的唢呐
呜呜呀呀，飘飘欲仙

我嘶哑的嗓音
反转整个青海湖，仿佛一只狼的咆哮

叫痛声
依旧碎在我的心上

塑 像

碎山迎着风，张着翅膀沉落
泥土划破白光，一点点进入你的眼睛
你误会地认为，春天原本就是这个样子
天旋地转，碎石
凡尘雾里，碎石
响彻山乡，碎石

山花，温柔的厚唇
告诉你春天的密码
吐着芳香，读着唇语
亮灯的苹果树
讲笑话的苹果树
解星语的苹果树
树冠仿佛你怒放的头发
果实仿佛你调皮的鼻子
幽禁在这一片山谷
而你期待春天结束果实孕育后逃离

路牌有图无字，甚至不辨方位
几个指路的盲人告诉我

岔路口，岔路口，像碎山缺口
春天里一处缺口
你倔强地待在那里
目瞪口呆
门牙尽失
仿佛江水从这里入海

病中记梦

命理师倒悬的门
模糊的墨线
是时间挤进来的烙印
沙漠的热浪
盐河的呼吸
年关已过
一口井，三角水斗汲水
母亲的骆驼正从二月出发

数着庄园上生长的星星
和上次醉酒书写一样
仿佛曾经熟悉的部首
从一个蓝色眼睛中发酵
煤的记忆，温暖的味道

打床的斜眼木匠
顺着白杨或松木的纹路
掂着这几年的阳光寒暑，雨露风霜
像一个阴阳人
看这个世界

一半浮生一半秋山的世界

听风的声音
那只无家可归的喜鹊
在附近喀喀
终究栖在水库堤上的野枣树上

三千个汉字
首尾相连，一个字一朵莲花
所有沉浮物，被诅咒过
也被祷告过

二十几岁，三十几岁
在守岁的门口
灾难突然而至
一字一顿
每个人心中，生一个佛心
在被子的慈悲中，消劫

今夜你从哪里来
今夜，我作为善恶
忏悔的时候更多

窗外笃笃的脚步声
偶尔的脚步声
朝向黄土地一角
仿佛唱板一夜敲响

仿佛木鱼中两个人的诵念
经文
薄如蝉翼
一桶水是你从梦境到这里
唯一通道
一桶水，捕捉下多少惊悚的眼神

十五的月夜
我从舞龙舞狮闹花灯的古长安街
回故乡
骠骑大将军一众征人
东望长城关卡
那里的春风闻声起舞

五月的归程

南上的火车
在风雨飘摇中冲断路基
仿佛迷路的孩童又丢了鞋子
一块铁
一块成铁也有柔弱时

那一排排归人
被选择倔强站立
在焦躁中对峙
迫近的时间和无礼的插队者

几通电话，出奇地感到
远方无比平静
我能想到，旧院落依旧盛开的槐树花
刚出土的荞麦种子
覆盖的地膜，如同大银河
坠地
命在退守中，在干涸中
饱受冷暖之眼

今晨，我沿着偏远山区走去
沿着贫穷，沿着面子和艰难活着的尊严
一路走去
我相信脚下有灯
能在午夜人们熟睡前
在狗吠不断咀嚼中
进入落满羊群的村庄

初来之夏

抵触遗忘，和沙的流向，游子在他乡
初夏，北纬三十七度
一个棋子的两面
南方，低沉而闷热
北方，温凉而干燥
一只鸟，也为飞翔踟蹰

十八年的过活
当草和树从枯黄变成青绿
或者，南边的天堂
一直一个色谱，一直单薄的衣着
选择着记忆
童年难以捕捉任一季候
有时，阴晴圆缺如同脾性

十八年，我已走过一条分界线
正从一扇朝南的窗户
看风车即将到来的转向

虾子将军

豹眼熊腰
方天画戟将军
三国，正是逐鹿时
征战，版图上别你
瘦削的头颅
龙门一跃

霜露残冷，烟尘暗黑，溅满周身
你的丰功，你的帽缨
染上死伤者沸腾的血
富贵者以神的唱和
依旧新鲜

历朝一锅陈汤
有个老子说，治大国如烹小鲜
待幡悟国别史——兔死而已
角质甲和龙虎钳
不问苍生，不问来者
不问儒生和花前月下

红极之时
当大悲之日
你原降生在水草丰美处
小虾民的自给自足
无关命和神示

念牧羊者

以阳光投注
或者距离，或者归途
水蓬、旱席子、野枸杞
盖上你的脚印
天空燃烧的火捻
在你看来，不过家中载满佳肴的灯光

清晨，你的羊群仿佛流云
在变色的土地上迁徙
你活像一头黑色的群羊
偶尔带路，偶尔殿后
将夜晚这个游子
遗忘在冷暖交割的沙漠

背篓上，新落地的羔羊
蹒跚学步，还带着乳香
水斗，中午汲水
沿路盛放明天的柴火
他们喜欢久久撕咬凸起的黑锅底

一朵野花就是一双眼睛
在我们的膝盖前扑朔
仿佛倾听我们的祷告
你的住所，隔着皇天后土
虚掩的门
光明正迟迟踱进
我们双手合十
似乎听见
过河
过河
你的身体里正跳跃一群哺乳的母羊

致小生命 （组诗）

一、袋子里的人儿

你在一个虹龙袋子里
白天翻滚到这边
晚上又倒头在那边
弧形桥面仿佛你熟睡的脸盘

两个人的命运集于一身
我懂得了袋鼠的习性
天生的地母情怀
热量自然高于常人

在你的世界
可曾看到那背在毡袋里
刚降生的小羊羔
可曾感受红柳白杨年年长高

一个又一个袋子
面粉，或米
内里

麦子，水稻，醇香扑鼻

二、致我的小精灵

我陪着你
让你在这湾海域
通过一面浮动的墙
一次又一次听
熟悉又陌生的声音
不舍昼夜

你是个顽皮的生灵
在我的声波里
仿佛一只聪明的海豚
不停地戏水，不停地潜泳
偶尔，你以咕嘟咕嘟的气泡
告诉世界你跟我们如此靠近

在匆匆人潮中
就让我替你记下
陪你走过的蓝天大地
经历狂风暴雨的围栏野草
那一步步走过的心路
飞去复来的燕子
此刻，我们等待同一个春天
也让我们记住你最初的模样

回头
十月孕育的身影
从一粒种子走向幼苗
阳光下，温馨的母爱
伴你生生世世
即便此刻
我们垂垂老矣

三、一颗小雨滴

有时候落在鼓点上
抑扬顿挫
有时候落在泛舟的湖上
拂面的杨柳风不寒
你以流体的形状
告诉最重要的人
你的轻盈
天生是舞蹈家

有时候，你又安静地睡着
等待另一天的日出
你信奉阳光下的雨滴
晶莹剔透
如同暗夜宝石

为此
你也在黑暗中

通过有束缚的自由
遨游
一天天长大

可无论何时
你依旧是活泼开朗的
小雨滴
这颗小雨滴
从天空而落
不偏不倚落入我们深邃的瞳孔

四、哪一把钥匙走向你

仿佛山坳里的宫殿
分不出白天黑夜
唯独靠感觉
知晓光亮与温度

今天，负重的步履往复
琴声不绝于耳
容颜再度相逢
我们并不陌生

无数霓虹灯此起彼伏闪烁
告诉新城
这里不容分辩的不易
偶尔，也有轻快的旋律

只是
那么多无声的门
哪一个钥匙
才是你到来时智慧的回响

五、走向春天

从这落满枯叶的树丫下出发
走过积雪的道口
依稀而见昏黄的路灯下
我的主题，并非
寒冷，雾化的呼吸

仿佛幼小的种子
恣意成长
让寒冰化成流动的春水
让时间经历不一样的布景
喃喃自语，也是一个小孩

我洗净双手
也洗尽铅华
倾听你在这世界上
第一个呼吸，第一个啼哭
拥抱和亲吻
连气息和心跳都与我们
隔得如此相近

我怀疑
你是儿时我心目中
始终熠熠生辉
照亮整个春天
那最亮的一颗星

六、你是我的小影子

三月，我们共同守望
一颗星辰与人间的邂逅

历数走过的地儿
凤凰古城，张家界，西安一座城
……
我们最终从漂泊不羁
踏上故乡的小路

月光很轻，阳光晴暖
大地会成为红色，绿色，甚至蓝色
你脑海中任何颜色
亮灯会说话的房子
连稻草人也一起迎风复活
青草如同呼吸

让一切美好
与你做伴

呼唤，如是甜腻

那个时候
仿佛一颗糖糖
黏性大于本身
而你，从此就是我不离的影子

七、春天的倒影

一有时间
就忍不住看看
那张黑乎乎的所谓第一张照片

瞧，你仿佛在一个背篓里
仿佛在梦中数那远处
不断闪烁的星星

我想起岩石层那个淘金者
勤劳者总是乐观
连呼吸都吐纳祥云

是啊，读心术也不知道梦想家的想象
就让时间列车追逐童年
靠近那鼓动的心

春天里的倒影
也是春天的童话

一切与寒冷无关

八、此生和一条鱼相遇

断岩的壁画
有水，有人嬉戏
第十二条鱼
赶在时间末端
又在时间的起点
填补生肖守护神中金猴的王座

只需春风
鱼即灵动起来
跨越村庄的河

草场，门辕
过九曲回肠
做一座空城的主人

诸葛的智慧
如同一顶帽子灯
闪烁不息

熙熙攘攘的人潮中
欢喜，踟蹰，百态莫名
此生，和一条鱼相遇
宋史就在眼前

九、第一次记忆

今晨
有鸟雀鸣叫
可是雅典娜的信使？
朝阳如同女神的智慧
照拂在你柔软的面庞上

以前，你只分辨光
听得出声音
仿佛隔着墙壁探知未来
你潮水般涌动
告诉世界浪花朵朵
去远行

归程还在脚下
时间喜剧依旧上演
主角是王子或公主
航海日记始终在记录

而今，你在一座城堡里
有光的地方是天空
有声音的地方就有人潮
回声和折线从堡顶到地面
交织，反复
你储存了这人间烟火

就让眼前的画面记住
一个美好寓意的开始
你喃喃自语就像巫术
令小鸟成为思想
触底飞翔

十、此时独角戏

歌声不绝于耳
你只顾自个儿地旋转
仿佛坐着一个大磨盘
经过格格巫的城堡

我们愿意成为你的信众
平等爱着彼此
你给这个村落的敲门声
每天寅时响起
仿佛留给我们找寻归路的沙漏

你有智慧找到
阳光普照，青草依依
画布，任风雨交汇
蓝精灵的海就在眼前

抓住时间的河
画框锁不住你的顽劣

那一天，独角戏会继续上演
不过，喝彩声像履历尽数家珍
每个人的心中万马奔腾

十一、晚课

无论晴雨，这是每天的必修课
让那些已经过河的人说
无非就是对一个
熟悉而陌生的人说话
无非就是不同时空
不同语言间交织的序列号

疲倦时候的溯想
如同一幅画卷
舒卷之间
放置整个春天

是的，一直向春天
我都要对着一堵有温度
会浮动的墙
诉说我们的乐观，欣喜
诉说隔墙之外
我们最在乎的一株青草

由此
她会占据我们所有的梦

那里，三字经的童音
回响不绝

十二、音乐一段落

你的翻动
正是那乐谱上跃动的音符
触碰到的石头、枫叶
从冰雪封冻到以脸谱的形象复活
你与我们的距离
从过门
直至热泪相拥
那个春天
一只羊
将最心底的喜悦
倒挂出来
春天遂姹紫嫣红

十三、矿石呢喃

朝着有人的地方
朝着声音
一颗桃核的心思
始终埋在底层
矿井的灯如同一条绳子
揽住好奇的张望
在狭小的空间给你给养

带着雨林之风
矿石，今天以血液的温度
给你小人儿的脸庞
虾子的躁动

南普陀寺钟声不断
仿佛一粒矿石
经过祈祷便能诵经

所有记忆，都挂在一株桃树上
有的落进黄土里重新繁育
有的
飘摇如同衣服
重拾烟火人间

十四、黄皮肤

这熟悉的颜色
如同大地
再次融入我的血液
我相信，你能读懂我的声音
我为你讲述的历史

转角处总会有机缘相撞
包括典故
先起于炎黄

光大于大唐
兵车融合，性格融合
尘埃来自于你我坚定的祈祷

耶律可汗抚琴仰天
许多故事谱写的旋律
似曾相识

你的蠕动
仿佛那硝烟轻息后
第一个胜利的欢呼

十五、脚印

野枸杞成片盛开
沙涛连天
沿着羊肠小道
祖父的脚印
踏遍腾格里沙漠角角落落

离开牧羊的日子
从干旱到灌溉之地
父亲和麦子结缘
耕种，出穗，成熟，收割
人生安放在这里

等到你

只是在一座迷宫里
和我们及你所熟悉的声音
捉迷藏
你能否梦见你的未来
蹒跚学步，咿咿呀呀

一张白纸上
殷红的脚印
是所有人初识这个世界时
递交的第一道关卡

十六、眉毛

金黄的麦田
装得下整个秋天
还在路上
我们寂静地走向
冰天雪地

车上装满了水、食物
捧在手中为你取名的词典
我们从一个地名
穿过另一个地名
故乡不容欺骗

风继续吹
我想起母亲

似乎也在同样的场景
麦芒经过镰刀，经过粗暴的手掌
如同你顽皮的眉毛，出卖表情
此刻的隘口，风声正紧

多少人，来来往往
忘记来时路上
茁壮长高的麦苗

十七、圣诞节遐想

某一天我会被问到
这个节日
我能否从一幅地图
一个过渡一种文化讲起

这个时候你还没有袜子
同样找不到壁炉
一个古老的传说需要那么多人
一起呐喊回忆

某一天
某一天
尽管相约而遇
也难掩激动
时间刚好
故事从战争叙述到

孩子气的老人为胜利奔走呼号

应诺而到
平民的礼物
沸腾中仍旧鲜活
仿佛春暖花开时
面向大海收获的第一个笑容

十八、小海马

关于马的传说
浮现在脑海中
无非是
骠骑大将军
黄金谷大风暴
乃至牧马人的爱情
又或者西部遥远的山脉

此马非马
好比旦角传唱
鱼燕从书文中鲜活起来
此马好动
酒足饭饱后从树杈到河流
只为追逐自由
清晨，午后
无论晴朗烟雨
一切无关季候

小海马
抓住命运的绳子
母体如同诗歌
一个筋斗就是一个辞藻
一串串询问
一只金猴来这个世界的地图

十九、幸福故事二而三

一个，两个……
数星星的孩子
点燃变幻的咒语
星云就是今夜的穹庐

叽叽喳喳
麻雀飞去复来
如同老街口邻里道不尽
家长里短

我依旧能回忆起
跳方格或拉拉门时的无忧无虑
那些人的幸福
仿佛火种从未熄灭

而今
我守望一份幸运

自种植时草木葱茏
经秋冬而历春

顽劣的力量时常温暖我
让我毗邻寒夜孤灯的幸福
我以孩童的语言
告诉世界你陪伴的欢乐
触觉让我们感受
传承，血脉的力量
一姓之缘
让我们投靠幸福

二十、疑似妊娠糖尿病

医院狭长的走廊
如同一场戏的楔子
有人欢喜，有人矜持
这是圣经里说的，最初的地方

今天，你把以往所有希望
融合到一起
你说，密密麻麻的甜蜜
更多时候如同盐的堆积

自此，一粒米饭
测算你心理承受度
原原本本诉说真伪

艰辛走过一盏小灯下陌路

历史
从来都在殚精竭虑中书写
伟大的母性
偶尔倾巢而出

二十一、抽象的小思想

你是一绺带着光源的影子
因为我，因为阳光而涌动
我常咀嚼音乐、文字
如同养料
我渴望探寻
你从开始思想到想象的落差
仿佛一把又一把的盐
溶化成饱含深情
涓涓细流的春水

我们以星星做向导
沿着潭底小路攀爬
并始终坚信神石的预言
那里，总有出口连着你记忆的宫殿
偶尔，我们会出现分歧
因为一条不相干的岔道
喋喋不休
上帝的七重塔上总布满关卡

现在，你被糖果包围
吮吸来自你王国的气息
正如一只贪婪的羔羊
补给养分
你的想象力健壮得像一只白鸽子
不经意降落也粘连云彩的时光
让这土地不紧不慢，温暖如初

布偶，色彩，声音
都是你世界中的一石一瓦
有的是你思想的隔墙
有的蜕变成思想的网
就这样生长
我们把家中的摆件重新装束
我们在期待在苦楚中
迎接那一天你出彩地降生

二十二、裁缝

你常告诉我
那个你梦中的故事
车马喧嚣
仿佛秦代的集市
一些手艺人靠手掌挪动乾坤
养家糊口

而今，你喜欢在鼓起的肚皮上
一圈又一圈
叩问小生命
仿佛听长生天的庇佑
偶尔脉动，是给你惊喜的另一个回声

或者，有一天
你读着"你用残存的手掌"
给孩子讲书生群情激奋

你所有记忆
似乎都和小手工艺者相关
而那也是我曾经最简单的幸福

有谁知道
一个裁缝的地界
明线暗线，经纬交错
只在手指旁穿梭一瞬间

二十三、八周年的月牙儿

你说
时间给了你我最好的借口
哪怕错误，也这样走下去

八周年
我们继续收获

一根火柴同样有一份光芒

今晚的月如同初见
孔明灯下许愿
让三双脚步相行更远

二十四、我的音乐家

冬天即将过去
我一直在观众席上
等待幕后你称道的表演
你的眉眼
掩映光带
让这舞台和曲目黯然失色

整个五月
音乐指挥还未走远
我的情绪我的愤怒与焦急
都被一份期待牵盼

孩子，你是天生的音乐家
是你，让我们懂得
爱的背包不孤独
是啊
连吵架都来自迂回的分享

我想象那一天

幕布如蓝天开阔
你在醒目的位置
我们相守相伴
爱的接力赛
这仅仅是个开始

法老的聚会

林子里陌生的相聚
像途经法老的溶洞
一只杜鹃、八哥和鹦鹉
还有一只昏迈的麻雀
从阳光处，落到黄昏掌灯时分

先是鹦鹉一诉情肠
一开场，落幕在贵州的小山村
韶华初露第一次睡与被睡
挣脱家族的绳索出逃，比翼向着更南而飞
巫师口中的卜辞应验发迹
从村落的巫术到兀自生产，酒精喷上新剪刀
脐带处缠上绳子，埋葬胎盘
南方口音闪烁着神秘
今夜的星光独自闪耀寒光
过活中有平顺与坎坷
她的雄鹦鹉此刻在别的笼子里
而她，也欲厮混于北疆
相互报复中伤害羽翼
一众劝说，离不开丛林法则

这是一只有自我、不平凡的鹦鹉

再是杜鹃，说到她的伴侣
木讷，呆滞却有好性子
不满中拒阻来自她的老板的殷勤
她辞去了工作，寻自由而不烦恼的口食
她只需他一句话
今天，他说：再见，我曾深爱着你
昨天，她嗲声嗲气，对她的女儿或者恋人

当然还有八哥，她们互相吹捧各自的容颜
她的回忆渗透伤痛
那批下岗潮裹挟三个无辜的生命
而今，她说，错过，需要更多缘分
需要神奇的巫术，许愿与还愿
需要小村落里的药

麻雀有丰富的阅历
有着逼仄城的腔调
风还未起，林子的哨声没有吹响
五月，她指着麦田，拢上生命最后的金黄
她飞跃过唐城，古寨，荒凉的田野
她说旁观者清，并掰着手指头演绎六加三等于九
她像报菜名一样报着沿途的石、竹、路、坎、土坷垃

第二天，这相聚依旧
诉说分崩离析的爱情，熏坏的眼睛

诉说背叛的伤害，诉说离别的再见
她们张着翅膀，向阳光处飞
那林子外，一个村落的酒洒向这里
这儿是一座透明的墙
来到，即从眼中融入血液的沉醉
秋风里，生长的爱情与畸形
滴灌缺失的心力
一个逃兵，在法老的布阵中
依旧原地打转
在酒香中等风

为病重的外祖母祈福

那时候月亮很近
树顶上，抬眼可见
果园吮吸土地上的静，不倦成长
黄河水被引渡到这片贫瘠土地上
奇迹般灌溉一垄一垄芬芳

空阔的看园房前听故事
几米开外的大水窖
哺育了这个村落几百口人
年华逝去
唯独一众小孩子脑海中的故事
保持新鲜和神秘
一个荼毒村庄的水妖被龙王囚禁

那时候的你年轻、智慧
健硕而粗糙的手臂摘下成熟的桃子
刷去痒痒的皮毛
我们无数次试探
在黑暗的角落
即便水窖穹盖已经开洞

仿佛年迈的老妪门牙落尽
水妖，和月亮中的猴子
曾像活着的神话
扣锁住顽劣
生根的顽劣

五月的麦子
六月的草莓
七月的桃子
八月的枸杞
九月的杏子
十月的红枣
每一个季节
你都以生命的咏唱
赋予这些作物
与我们一同长大的使命

当你老了
可曾为自己
回溯年轻时的苦难？
时光时光，可否停下匆忙的脚步
让我们再找回儿时那般
绕你膝前
吃着果蔬，吃着夏季热火中出炉的锅盔
感受你抚摸的手掌
依旧温暖
依旧有力

今天
我在一张旧桌子上
书写一段简单的文字
书写白天你的平静，你的入眠
书写夜晚你的苦痛，你的不安
我以一轮圆月为神明
正如聆听、默念儿时那敬畏的故事
虔诚祷告
重病抽丝
那活着的龙王
镣铁绑缚闯入铁门的古怪
在古旧的地窖
当新的阳光透过
锈迹斑斑的钢筋楼梯
自主沉浮

中堂的福寿绵长
正如一棵果树苗
在你心中
慢慢长高
麦子渐黄，枸杞渐红，枣子经受得了风沙
月牙仿佛一盏悬在路口的灯
照亮你长长的脚步
和乘凉的人
一同回家
回家

如泥土的爱（组诗）

一、麦子

七月，我亲爱的母亲
这是你欢愉的时节
梦一样的甜美，那儿不是隆冬的流浪
期待着雪域，然后守望成长

你用那推动石磨的苍劲的手臂
轻抚着我针芒下闪光的金色波浪——
不由自主地，叫声我同根的姊妹

比我的发梢更加亲昵
就像孕育我顽性的生命一样
在你企盼的眼神中
谷神让干旱的土地赐予了一次丰获

麦垛　圆场　矮墙　斜坡
哪一个不是你柔情的怀抱
流水逝去，这是时间里最饱满的怀抱

我不知该如何倾诉我的衷肠
时光和着风，还有阳光
刷白了我纤弱的枝身
同你那斑斑发鬓

我吸吮着月蜜，我披拂着银露
不会遗忘，那茧泡下流溢的血液
精魂一样，多少次井口汲水的凉意呀

割刈的声音
那是四五点钟就开始争闹的童心
这奇崛的力的撕咬呀
同样依眷着麦香一样的柔怀

在你炙热的母怀中
我贫瘠的梦想
砥砺风暴寒雪，变得比呼吸更深邃

我的身世，从刀耕火种处萌发
同样因袭着先祖母性的英魂
你弯腰的那一刻，母亲
我又一次守望这深沉的土地

母亲嗬，你那狭长的庄园
正如一座小小的城墙
紧锁着舍予无尽的爱
如若我心感受这般圣洁

我将对你无休止地朝拜

二、老路

就像纸鸢的纤线一样
从你的心窗中滑出村外——
这弯老路

你从不愿承认
这，是你
用希望交换的 一次入口

绵长的老路呀
打上了千针万针的补丁！
不止一次地深情叮咛

有一个游标
在路面轴线上悠晃
却总是 走不出你深邃的瞳孔

古朴的老路
覆盖了你的世界和眼神：
又一个枫叶红遍的时节

被夕阳压扁的
不光是这疲惫的路基
还有你深忧的心

当远离或归来的时候
弯折的轨迹连带起来——那条老路
泥土尘埃下，母亲一样的路

三、给母亲的雕塑

我决心占据一个空间，来精雕细刻一尊塑像
在我心与心的权衡中，没有阳光投射的影子作为标尺
你，本身就这样厚重，无论你在哪个方位
一次次的眷望，对于塑像，对于你
都是我拜献的神情

暗绿，比附着我的眼睛
让我颤抖的镌刀更加凝重：
差不多流着同样苦涩的泪
沿袭你岁月擦拉的细密纹路滑落
连你曾经娟秀的发梢，也让风剪得如此凌乱
这暮间的风呀，日子都被扫得苍白

这样扭曲而扁长的轮廓，载着的是一部深沉的历史
让冥想者驾一叶孤舟，寻根溯源，没有人会发现：
思考，本身就是沉痛！我该如何去膜拜你的灵魂？

我的一次又一次质问，都被深深驳斥
影壁上褪色的浮雕和向东的残缺的神位
都给我残酷的理由：从来的地方来，到去的地方去

就像水，寻找自己圆的归宿，穿行于云间土层

即使，我把心当作刻刀
那尖利的一端，也不足以让这伟大的魂长存
我，没有那个哲人化哭嚎为狂笑的胸怀（指庄子丧母而笑）

剩下的我，只能蜷缩
在自己织的忧悒的网上
为你追诉　找寻幻影

可是，当幽冥的日食划过
你的眼睛为什么会满浸石泪？

四、父亲，麦子人生

那个夏末，父亲保持沉默
即便邻地的农妇吵闹不止
那是麦子收割并死亡的季节
谣传父亲烧麦秸的时候没有考虑风候

父亲深爱着这片麦地
下雨的时候依然灌溉充足
父亲的麦子，有着风一样的生长速度
颗粒含情，和他干瘪的脸一起祈祷丰收

熊熊大火，在涅槃中新生
燃烧麦秸、麦穗和奉献的情怀

父亲的火柴，在风中熄灭
又复燃烧，他吸烟的时候，和现在一样深思

麦垄上的杨树，在风中扶摇，浓烟，火势
毕毕剥剥燃烧，也将残留的种子烧化
父亲惋惜的脸盘映着火的热情
心境旅行：背着手，在仅有的田间小路上踱步

父亲和麦子的故事，开端已然被淡忘
只听说麦子成熟的第一年
他结婚，生子
开始了扁担挑成麦的人生……

风的转向，也燎到杨树
枯黄的叶子代表一个生命的衰竭
这出乎父亲的预料
为一片生机的口舌之争像火蔓延起来

火扑倒之后，残留灰烬
从一个终点开始下一个起点
父亲开始了又一轮等待
在黑色的残存火种的地上，留下脚步和一生

夕阳下这土地

窸窣鸣响，土地上的幼虫
匍匐，仰望时间点点滴滴

记忆，溜索狗洞、水塘
枯井中，扑棱棱飞出怕光的鸟

羊群下渡口，成朵的棉花一样
跟夕阳一道，飘在水畔边

仅有的核桃树，遭遇了少年飞箭
斑斑驳驳，给历史明证

火炕下的火种，炙烤弓把，韧性
炊烟里，留有沙滩余热的畅想

胡麻草堕落了，腾起顽劣的尘
多少年的风雨飘摇……

夕阳下这土地
祷告童年

梦游黄龙山

月色葱茏，多少传说如梦
撒在山麓的角角落落
苍凉的，热烈的
种子才因袭上古人的骨气
迎着土地战栗

和生息有关
唐室宗亲，在慌张的避祸中不掩真性
碧水丹山间一个岩洞
月光和水，光耀门楣的凡夫
断不会狼狈到茹毛饮血
渴了喝荷叶上的露珠，饿了吃初长的竹笋
年景，在隐居中只是风餐露宿
只是白天的阳光，夜晚的星星

驻足黄龙山，观音井柱的手痕足印像一块胎记
剥落在一代又一代后人的书籍中
口齿生香
我们的历史部分来自经文
部分来自石碑

隔墙听法，愤怒不在于得和舍
年少气盛
剑如寒光，拂尘起落好比柔胜于刚
宽容中，一个侍客僧的世界
大到佛法，小到杂务
黄龙寺的乾坤，倒立至一根柱子下
坐以观心

早春看天，三太子的一片冰心
业已抽身成绿的松柏，赤黑的岩土
洞箫横吹中，没有人计较一朵荷是否顿悟
风里来去，栉比鳞次，最小的树和草
都给一座山应有的温度和名字

下沙，如乡愁

这个季节，如约而至
仿佛几个春秋的承诺不曾改变
沙，簌簌地，雪一样
铺盖春意已晚的大地

已经习惯，诗一样的流沙
尽管在众人的议论声中
偶尔露出微笑
感受这如烟、如雾般的乡愁

这是来自家门口的信差?
千里而袭只为报声平安?
不同的地域，不同的时间
却有着同样的牵挂和思念

永远不忘记，还未成长起来的尘
席卷半天，和玩伴，一同疯跑
投进大人强壮的臂膊里，回味传说中的精灵古怪
是否能像我们穿过那破旧发黑的枯木门呢?

无数次在夜晚梦醒，思量这不断如纱的哀思
是否会在牧羊者的坟头萦绕——他生前和羊群、大漠为伴
傍晚归来，仍不忘将他沾满沙尘的脸蹭在孙儿的嘴唇上
给一个留有正午余热的吻

太多的故事，就在快乐中遗忘
橙黄的天，仿佛还在暗示
这里埋藏着无数美丽的传说：
是西北大地上的眷恋？

独自猜想，来自西域之西
飘过金缕玉衣娇媚的身躯
抑或是楼兰古城的塔尖
终是伴着亘古而来的文明

那是河西来的过客？
遥说草原齐天，牛羊肥美？
掩不住的，是时间
在流沙飞扬中忘却历史

正如千年的浮尘，孕育的古稀勤劳
俯首，千里的黄土地
仰望，冬去春来的天，仿佛
隐忍难以揣测的未来

这片土地的伟大，在慈祥，在爱博
如母性一样，风撩起苍发，掠过渴望的眼神

当天灾来临，依然怅然祈天
不忘收成……

仲春，美丽的时令
预言了舞起来的精灵命运的终结
依着怀旧的情愫
在自己将老一岁的同时，再见来年！

把她游弋的影子捕捉下来
收藏在一个透明瓶子里
不再让它逃走
记住今年今时，这里的特殊回忆

不是陈旧的船票
却有着比之更甚的乡里情愁
尘已远去，如起锚的航船
可爱恨交割，却如影子，伴伊左右

雨，落进深秋故里

北方，倒影里的传说
父亲的麦地，草灰早已散尽
风中，就像蝗灾一样
雪，簌簌落在冰凉的脊梁上

深秋，仿佛一时兴起的哀怨
干涸的枯萎的路，在企盼中渐远渐息
沿黄河水路来的陌路人
挑起希望的神灯——雨季，幽僻处点点随行

打起太平鼓，多彩的滚灯
如同丰收，积垛的麦场，铜铃声声
祈福，虔诚，拜谒，梦幻般
耕牛的眼神，慈祥而犀利的神示

月光初现，那是恍动的心思
沸腾的血液，给足夏天离开的理由
黄叶落地，来一次悲壮亲吻
明天，为远行喜极而泣

继续向南，远离故土
另一个国度
依然深爱一片秋叶，一串秋思
摆渡爱情，距离和美如此期许

雨，沙尘一样，静静落下
落在他乡，落在深邃的思念中
把遥远的汽笛，当作村落里的乡音
把延伸的铁路，当作摘果子的扶梯

南方，南方
祖祖辈辈五点十二分集体争论的朝向
信仰，听说是违背神愿
被凌迟的万千伤口

秋月里，扶摇，回家
落魄的冰雨，被抛洒在脚步后
落进深秋，落在成长的土坯檐下
交织成麦积山里的爱情独幕剧

寻梦漠西，骆驼草

或许，来自江洲水泽
却企望向红色大海游弋
阳光遗失的深度，根弦沉吟：
不在乎表面的孱弱
感叹你真实的伟岸
对母爱真挚到匍匐

孔雀　祁连　昆仑
奔马　古魂　彩壁
中夜飘来你远航的希冀
即使，失却了千古余火的剪辑
唯一的标识　　星辰
轮回的见证　　冰雪

细沙镂刻着深邃绿意
风和着种子，游走四季
只剩一卷秋凉
苦难　乖舛
因为心痛　你蜕变成刺
你的青春为谁埋葬

沙尘还是落枝
追随如血残阳
攥一把厚重的金粒
汲取地母奔流的热情
把恩惠在荒凉中移注

立身于死亡之角，心碎成缤纷乐符
始终，淹没不了红晕笑靥
带着你漂泊的履历
一身清瘦
最是那完美的神采飞奕
从未奢想自己的花叶之冢
一脚细沙，片块丘石
筑就你清雄的影壁
格角下，先祖的冀望矍铄

幽梦中的驼队　风铃
在你泛黄的幽冥中
走向邈远
从没有踯躅太息
哪怕残针化却黑色的凄迷
即使流沙飞雪
沧海消残地飞扬
早春依旧

牧羊者墓碑

——谨以此诗纪念祖父离世十周年

牧羊者
安睡
在这里

一座墓碑
仿佛大地的舌头
尝着企及的，如水之天
清蓝
沙尘
跟他吧嗒吧嗒吸的旱烟
一样
五色滋味

一抔黄土
就像被子
承接雪雨及这世间的尘

牧羊者
十个年头
全部

被焚烧
在诸子念叨的纸钱中
滤过另一个世界
光明与黑暗

如今
线塔
经过牧羊者的墓地上空
宁愿相信
那时牧羊者
坚硬的胡须
用它
扎刺，渐渐冰冷的世俗
用它
再唤起他孙儿
遗失的记忆

线塔
穿过一道古门
流醇，血脉贲张
回忆
虽然昏黄
却也是一幅插画

那个年代
牧羊者，唱着山歌

夏末

滚烫的沙漠

散发清香而孤独的野花香

山羊，一色的流云

高远的天

成排的野枸杞

骆驼草

以及

走近农户

环绕的沙枣树

这是他

整个的世界

六十八年

他，重复的世界

简陋的草棚

石墙羊舍

露天锅灶

朝阳和晚霞

经过，也不停息

牧羊者

与羔羊

锁住

孙儿童年

快乐及委屈

故事

源于美好开端

土炕，烘起
家
的温暖

牧羊者家中的女主人
不止一次张望
黄昏下
那条归来的路——
先是羊群
后是牧羊者
背着柴火、毡袋
古铜色脸庞的牧羊者
那个春天
无数诞下的小羊羔
都在那温暖的毡袋里
一路向西
随固定的颠扑
摇篮一样
回家

那一天
他的孙儿
也像他的羊只
诞生
他将他沙漠里
捡到的一块石子
塞进他娇小的手里
石子，透亮

带着沙的温度

那一天
牧羊者
手舞足蹈地说
那就是一块玉

他像任何一个牧羊者一样
以对羊群洁白无瑕的爱
照料他的孙儿
焙过的羊奶
织过的羊毛衣袜、帽子
并送他一只
罕见的骆驼色、白色、浅黄相融的羔羊
伴着他的孙儿
度仅有的童年

如果时光
不曾忘记
小桥流水上
依旧残留青核桃的果皮
依旧飘着青核桃柔软外
青涩的香
依旧看到
沾有膻味的牧羊者的手
流着殷红的血
他的孙儿
像吹仙气一样，止血

如果时光
不曾忘记
火炕的余灰中
炕软的沙枣枝条
成了弓柄
中空的麻秆
就是箭矢

牧羊者
带上他眼中的勇士
开始，一天的生活

也是那个年纪
九岁的牧羊者
只能靠
击铁的声音
吓退绿眼闪烁的狼群
也是那个年纪
牧羊者
开启了他
一辈子的牧羊生涯
终于
那个年纪
他结束
雪地里裸脚奔跑乞讨的生活
也是那个年纪
牧羊者

爱他脚下的大地
爱这大地上
轻轻呼吸的草木
生灵
他的心跳
就像夏日里
火辣太阳下的沙丘
用脚，感受
地母奔流的热情
也是那个年纪
他
喝退俯冲下来
捕捉受伤野兔的鹰
……

他家的女主人
以擅长剪纸的智慧
用一柄剪刀
丢弃的烟纸盒
将牧羊者的故事
剪成一个个片段
一幅，讲一段艰难
偶尔
也剪唐僧和白马
剪三国，剪水浒
……

历史

从时间中来
可时间
并不都是给历史的

牧羊者
看着他的孙儿
一天天长大
带他的孙儿
到他儿时落水的水库区
边上，全是羊只的蹄印
雨中，却更像装满琼浆的元宝
带他，看沙漠里珍稀的水井
告诉他，地母无私的馈赠
泉眼，就是羔羊的眼睛
纯澈，善良
甘洌的泉水
从废旧内胎制作的八角水斗中汲取上来
映照挂满快乐的童颜
牧羊者
也为他的孙儿
打落熟透的沙枣
并一粒一粒捡起来
像捡起他逝去的苦涩的青春

幸福的时光
不仅短暂
还有遗憾

牧羊者最灿烂的笑容
留在他孙儿上大学的那一天
他像抚摸羔羊一样
爱抚孙儿的脸
并为他系上
扎得像花一样的绸缎

那是夏天
牧羊者逢人便说
他的孙儿
长大了——
在他摔倒后背他
在他病中为他洗脚
那是夏天

幸福的时光
不仅短暂
还有遗憾

那是冬天
寒冷侵蚀着他远行的孙儿
那一个夜晚
他的孙儿梦见
一堵墙
颓然倒塌

那是冬天
牧羊者离开

这个饱暖自知的世界

他离开的时候
一阵风
吹关一扇院门
他离开得决然

他离开的时候
他的孙儿
并不在身边
他离开的时候
没有念叨他的孙儿
他离开的时候
正是寒冬
……

四根围栏
拉起麻绳
挂上纸符
锅盔
他的孙儿
正是从那儿
跪着
经过扎纸的彩门
回家
那是冬天

那是冬天

牧羊者
和一口新漆的棺材
同香草包
瓷瓶
和他花白的胡须
和他
这一生唯一一件干净的衣服
和大地
他遍布足迹的大地
一起沉睡
那是冬天

那是冬天
他的孙儿
将焐热的白石
拿在眼前
泪水，穿过
这个时候
更像珠玉

那是冬天

父亲的回忆

父亲抚摸麦子的手
炙热
镰刀
依旧锋利

村落的小路，暴风雨后
飘着熟悉的泥土芬香
车辙
向南，我孤独出行

深夜，父亲摇晃的手电光束中
脚步轻轻
麦苗
或而吮吸水滴，疯狂生长

雨季，古城，雕像
我仰望风中
哪面露珠的镜子里
闪烁，古圣贤的胸襟和传说

一岁一枯
麦柴噼啪燃烧
烧这一年的时光
烧父亲黝黑的脸庞和喜悦的眼神

陌生的城市，碌碌奔波
痕迹如沙，勾画一个大大的问号
远离乡土，远离乡音
疑惑与父亲的争执

那一年
突然回忆
曾经，父亲亲手制作的陀螺
交织一个童年

车辙
时光的辙
度父亲的岁月
剩，斑斑印记

念，曾经
如果，曾经
那一刻
我是神明的咒怨

父亲的远方

太原飞途中，偶遇晚霞如火，蓝天如镜，大地如海，画卷在身后徐徐展开，轰鸣仿佛音乐过耳，不胜欣喜，写诗以记之，歌自由，畅情怀，兼怀乡土。

远方，向往的远方
父亲在萧瑟的田垄
安详地抽着旱烟
一吸一灭　一星若火

父亲的高粱熟了
他的汗水，孕育着脚下
这热土上无数个儿子

天空仿佛透明的锅
或是盛放泪水的瓶
红透的高粱
或是父亲收获后燃烧的麦秆——
那一年，他曾因心爱的麦子与邻人争吵
黑色如海
波浪一层又一层

仿佛收获时的大麦浪
仿佛，父亲微笑的褶皱

远方，深沉的远方
仿佛被裁缝裁剪过
连分界线都这般平齐
明暗，是安排在生活一面的两个骑兵
两个俘虏

用色彩勾兑世界之棱　世界之美
父亲的世界
仅仅是黄土地和向上生长的庄稼
也或许是头顶上的树冠、天空
滑翔而过的鸥鸟、落叶

父亲年轻时，一边耕种
一边打着羊绒御寒袜子
他是勤恳的农夫
祈求雨水　浇灌这灼伤的土地

天际边，孤独一个家
火，燃烧父亲的庄稼
父亲的生命
灌溉的洪流

他倔强的儿子
身体被铁笼囚禁

漂泊他乡
灵魂安放在泛滥光彩的远方

父亲，在挑成麦的季节
倾听　呼啸而过的声音
瞭望　巴掌一样的天空
轻轻呼吸
麦子的味道　高粱的味道
酒的味道　烟叶掉落的味道
大地的味道
汗水及血　一脉红色遥望无边——
深秋瑟瑟

牧马者的爱情

我仍旧牧马，马就是我的伙伴
给他梳理鬃毛，任他穿过草原上遥远的铁路
我仍旧贫穷，只有一把马尾琴陪伴
当黄昏来临，就有木木的声音，给我富足

望着铁路延伸的方向，有我未来新娘的家
我们总是相遇在这方平坦的草地上
我弹琴，她在琴音中唱，也跳
柔美的旋律，和风，飘向她雪亮眼睛所能到达的地方

天很蓝，像舞台上的帷幕，我能想象此时谁是最幸福的人
白色的衣服，就像是一片雪花
从天而降，翩翩起舞——
哦！我温情的女郎，柔柔的丝带，是蝴蝶还是梦中的芦花

可是，那一天，仍旧是那方草席
我的女郎没有来，迟迟地
只有强大的气流声和我柔弱而孤寂的琴声
我身边的烤肉，还是热的……

火车将要穿过铁路的时候，我看见了她
"走……我是土司的女人了……"
车轮碾碎了声音，还有我的心房
天旋地转，火车的影子，一切都消失了

我在马背上，奶酒涌进嘴里，鼻孔里
我的酒袋掉落在地上，摔破了
奶酒从裘皮上溢出，落在草叶上
死亡的宁静，我只听到马的鼻息声

睡醒的爱情心事

嘀嘀嗒嗒
和失眠的时钟一样
在镜像心生的表盘上
奏响一年过往
与羁绊琐事

睡意蒙眬
冬雨停歇
夜渐消沉

恍惚中
看穿梭的车流
和匆匆的人像
是谁
嗜毒孤独者的灵魂
蹒跚舞步
向萧瑟的路尽头

我
仅仅是一个生活在明代

患有严重爱情感冒症
摒弃浮华
却写着现代诗的人

一百个海子，爱情吟唱

春天
一群飞翔的海燕
尾翼　划开冬汛
将岩石复活的气息
带给远方
黑夜
突然变得短暂

一百个神灵
在浮冰融化的北极光下
用第一眼的光明
祝福　一百个海子

一百个海子
在第一百个日子收获爱情
像梵·高收获喜爱的向日葵一样
那个时候
春已暖　花仍开

一百个海子

在朝圣的路上
在凌晨三点失眠
书写唯一灰暗的诗篇

一百个海子
一篇一篇　看一个女人的往事陈篇
他把那当作
一个女人给他自己的一百封信
数天真的日子
数寒冷里的浪漫

一百个海子
喜欢听火车汽笛悠长的鸣响
仿佛和一个女人出门远行
也喜欢在愁离的铁道上
散步
追溯济慈、叶芝的爱情故事

他许诺过　可惜爱情竟脆弱
仿佛冰弦

一百个海子
一生中遭遇四个女神
其中一个
和他一样
吟唱爱情
可她有芬妮·布朗及毛特·冈妮般的高傲和绝情

没有嗜酒如命
只是一种爱情救赎
她周身冰凉　却内心火热
诠释蛇的姣好

一百个海子
烛光点点
爱的艰难
他幻想海边的房子及简单的喂马　砍柴生活
并度他 20 多岁的命

一百个海子
在与时光的争辩中
寻找《圣经》《瓦尔登湖》《孤筏重洋》和《康拉德小说
选》
在遥远的国度
在思念的海上
迷离你的视线

在红枫叶上
在"偷得浮生"的餐盘上
在思恋的笔触里
默默吟唱　一个女人勇敢的赞歌
冰河纪
纳尼亚开始新的传奇

一百个海子的爱情
还需什么等待
等待到什么时候

东风起了
即将拂晓
天际的圣洁白曦
就是你我
哀怨的脸庞

花生里，爱情故事

我把花生种在广袤的沙漠里
那一年，我十八岁
年轻，却不相信命运
对山外的天、朝阳
格外憧憬

我静静地等待
数天上的云
它们
像我年轻时
放牧的羊只
仿佛童话
也在演绎
生老病死
离情别恨

如果
佛是一只羊
红尘，定会斑斑点点
白色的
是逐渐离去的因果

远去的童话
逝去的爱情
黑色的
是逐渐迎合的命运
自前半生笃定的现实

云
仅仅虚存
上世的一点痴念

我
等了几万个晚霞如艳

那一年
花生开花落花
那一年
雨冲走泥沙
留下赤贫一样的泥土
洁净的花生的胚芽

那一年
我已老去
回想曾经经历的爱情
美丽如锦

那一年
花生
格外肥美

爱情，灰色画作

还是古旧的楼梯
还是午后
你在一排十字架画作前，欣赏
那是秋天，一地黄叶

你是一个画家
你为自己的孤傲作画
换取画笔
还有带有温度的纸币

好心的路人问你
为什么画的基色是灰色的
为什么画笔只有一支
灰色的

你说
爱情不是童话
平淡的色彩
挨过平淡的时间

你作画时
一动不动
光，影，调动画板、画纸，以及笔
有谁知道，年轻的爱情，已经失明

爱 情

前世掩埋
孽缘
蒙阳光雨露
相遇
在陌生的火花中成长

愿爱情成为种植
我会守着季候
守着温度
不偏不倚
恰如其分
为和你
能站在一起
站在这片蓝天下
面对朝阳寒露
开红色的如血的花
像我沸腾的生命脉搏和
质朴无瑕的爱

草原爱情

我用语言
勾勒你所看不到的未来
就像用镰刀
在一望无垠的草原上收获
行走，行走
没有尽头
却给你留下
一片希望的牧草
留给你心爱的马
和羊只
它们的眼里
依然闪烁着
我们不曾消散的爱情
和幸福的味道

我们的爱情

我们的爱情
无须伟岸
不要像山峰和海涛
不要像闪电和雷鸣

我只要你
像初春盛开的枝丫，在阳光下
而我，甘愿在你的影子里
一次次祝福
在你迎着和风微笑的时刻
和你一起呼吸同一个城市自由的气息

走过的爱情

我在古城墙上
寻找一些字符
我武断地认为
甲骨文远能启示
古代，这里有个凄美的爱情故事

那以后，我会经常做梦
一串串文字，那么熟稔
它不是甲骨文
却更像一阕阕音符
走过，才知道足尖上艺术
靠近我，这么多年

味道系列（组诗）

时光，仿佛哈哈镜中的微笑，仿佛这些年提笔描摹的爱情，余味深长。

一、童年

沙漠边缘的小村庄
是一条鳄鱼
贪婪地顺着阳光、河道
漂浮了几代人
祖父在这里安家
父亲在这里老去

池塘仿佛一块柔软的画布
兜底整个夏天
却漏了一点蓝儿
和几只金甲虫
未上色的颜料
流淌成渠

这延长的炎热

穿过低矮的墙洞
穿过漆黑的水塔和深井
搭上向阳而生的蝙蝠
让水的倒影和繁星
呼吸，拥抱猝然升起的热量
改变在这片荒凉上欺骗的面孔

我把童年埋在那棵受过箭伤的杨树下
这是唯一一个与天堂对话的地方
树叶如掌
成了海子的心脏
聚在枯干的枝丫上
零零散散，沉落如血

回头，回头
所有年华欺瞒精彩都已跑路
像几条流浪狗
在预知未来后幻变成云
吉凶何如
野枸杞无花有果
沙涛映天
只结出一只跛脚的山羊

二、爱情

我所说的故事，自祖父的童年开始发酵。

眼睛，仿佛汲水的井
在荒漠中
孤独地望天，望天

沙虞王的坐骑是一条长长的沙丘
太阳是华盖，星辰是挂饰
枸杞，是将飞的翅膀

体恤这里的子民
就像他们初在腾格里边缘安家
沙枣树憋闷地成熟着
水蓬用尽一生的力量，攫取着水，水
火器，流动着光，四溢横飞
芦席倚仗闪电的余波
蛊惑地母围着圆盘式的沙滩
变成一口只出不进的锅

沙虞王后摘掉戒指
让她爱恨悠悠的戒指
一只公鸡以小脑献计
自甘溅血止灾
那狂风漫天
惊恐的老幼只看到裹挟的红布
像红色的蝗虫席卷而来
——我敲碎翠绿而坚韧的牙齿
一些沉降为金花银花
一些溯流而上成为顽石

只为短短五年牧马、繁殖的平静

王的泪水，春季为雨
夏季为烈酒，秋季为寒露
流经蓄水的陶罐
冻化成银白的米
王的歇斯底里
海浪一样，在沙堤生根
经络暴涨为红刺果儿

让蜂蝶相引
攒着野花，飞降自如的野花
带来一座衣冠冢的念念不忘

一线泉
闭上眼睛，浇开甜蜜的红果
拜谒神庙祈祷巫术时
苦涩如烟

我在牧童时偷食果肉
也在弱冠时苏醒于闹市
几个互市的人常常议论
我如马鸣的呼吸
打铁的手语
无尘的脚印
仓皇的眼神
仿佛消失在迷茫森林中的沙虞王

光渐渐隐去，牧童的家
火把正旺
一个故事
发生在冰凉的睡袋里

三、这土地

这土地上
孩童喜欢半裸身子近沙奔跑
我咬着嗓子
仿佛太阳从这里升起

深水库的咸鱼
正一天天长大
一天天迎向滚烫的盐粒
闪光的铁器

木棚下的羊只
似乎读懂了麦子的腹语
从道岔口依次踏上他乡的火车

我拿着卷曲的笔
一笔一画勾连归途
游子的胸膛嘶鸣着烈马
倒不如一只疲惫的老骆驼
早出晚行，不食脚下烟火

这土地上的鸟
有的痛苦地沉吟
有的以血啼叫
其他的则偷啄沙枣和枸杞果子
血色的眼睛里盛满整个夏天
一片林子一片林子寻找

水库旁的泥沙
离迷路者越来越远
一只脚踏在秋季
等黄叶散尽才裹足前进
过膝的水波，掩埋了月光
混沌中沉醉

继续走向灯火，走向几座瓷房子
那没有尾巴的狗
好像应门的书童
风沙即停
鹅村，偏离十七度

这样走，度过荒村，上一道沙梁
从一座门进去
见流血的鱼，衰老的马，健硕的骆驼
关上另一座门
隔断会唱的羊
蹲守在羊角上的寒号鸟

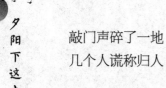

敲门声碎了一地
几个人谎称归人

一股咸腥从脚底到舌根
没有人告诉我
从这土地上出发
我一直走在
一只盲狗的肺中

四、衰老的祖母

听故事，听故事
穿过漫天星辰的夜空
长着猫耳朵的菜畦
会蠕动的青皮核桃
摔倒自己的陀螺
悻悻地做回小孩子

杨门虎将从这庄园外
像一个个囚徒
缚在煤油灯闪烁的火苗上
让乌鸦啄着复又长出的眼睛

野菜花的春天
迟疑不决，从黄沙地到灶台
剩下鲜艳的，倒挂进温顺的羊肚子里
到达秋天

姜太公垂钓逃生的仔鱼前
一刻不停种植青麦
驴子磨下面粉
那一晚，石头砸了祖母忧思的脚
渴望姜子牙止血
祖母哭了一宿
转瞬成熟，苍老

牙牙学语
三国志绣像飞扬跋扈
赵子龙忠胆矮铁枪一头
满地跑的红缨子
偶尔随着北风习性
轻浮地沉淀为彩虹

酱黑的吊锅
舔舐的火焰
阴谋烘焙羊乳——
白云哭泣玫瑰时溢出的泪水
腥膻
是一场温馨的旅行
父亲和祖母眼中
那承着一路童年的乐土
只是，记忆的门
在长大的路口，逐渐走散

让只言片语的西游
带走一个追逐约定的蒲公英
让祖母的剪刀，时光和梦
慢一点

忽而发现，三十年来
躺在枕边的西游人偶
一夜之间
全部复活

五、牧羊

天空蓝得像一面安静的镜子
黑猫在那儿撕开一道口子
沙子，雨一般忘情地下
刚孵出的喜鹊喀喀
有远客来，有远客来

炊烟的屋顶
牧羊人渴望的奶酒
坐在火上
正如一个女人坐在盛开的莲花上

镜子是冬天的嘴巴，是道岔的门
所有传说紧锁
一动不动的，一棵会亮灯的桃树
牧羊者，他的羊群

空空的秋千架
一动不动

两条铁轨横跨这方热土
好似一座天梯
一只会说话，出神的头羊
在最后一阶
隔空向上苍稽首

狗喜欢牧羊者的毡袋——
一起生气长大的桃子
那里，乳羊妊娠的体温还在
偶尔搭救从鹰爪下逃离的兔子
受伤的哀鸣
像月光从沙漏中来
牧羊者的土地
绿叶是脚，红枣是头，黄沙是肚子
从这里私奔六十八年

一些受了神明诅咒的人
被安抚在这山坳里
风吹，落沙
哺育羊只

旱烟在秋风中自燃
像盗火种贼的眼珠
生涩的味道

齿剪和着羊绒，如雪的羊绒
收获个公道的价钱

废旧的轮胎和松枝架成十字
一说谎就填满水
眼泉里那奔突而出的水
来不及说话
放满回家烧火的黑野柴
就像盲人的辫子

这是冬季
羊群不再围拢避热
不再走那磷火燃烧的坟地
不再担心剪毛的半柄剪刀
成为利刃迎向喉头

此时，一粒尘埃
承着生命猎装整个世界
只是羊，羊

夕阳下这土地

我与红色珊瑚刀

我紧紧攥着珊瑚刀
来到这个世界
我只会牧羊
并以之为乐　为生
除了换季剪羊毛外
落寞浮华

我是在梦中
扯着嘶哑的喉咙
写一首首荒诞的诗
并为一个化蝶的女人
歌唱
如血珊瑚

数以万计的人
背井迁徙
在桥洞口
又纷纷消失
这是一只羊　眼里的故事

那里
不断有褐赭色的海水倒灌
听祖辈的人说
那儿曾镇压一只蝴蝶化作的精灵
是她　扇动翅膀
引来海水　吞噬村落

我以牧羊者的思维
在一径小路上
回忆我的原身
我依靠珊瑚
尤其是红色的珊瑚活命
并用她
看见尺方圆
预知未来

而今
我守候着一株珊瑚
并把她变为刀
倒影锋利的眼泪

在每日的黄昏里
我默念咒语
希望集聚花鸟的灵气
翩翩起舞
回　来时的路
找一个纠葛的女人

可那雄阔的浪声后
我依然在原点
仿佛病灵魂
没有天使
没有鬼使神差

手捧那把珊瑚刀
幻化的鸟
在荒凉的芦苇丛上空飞行
冰凌季
从晶莹的冰体中
挽救遇到风折侧翼的蝶
紫色的烟
以及妩媚的情愫
像刀痕一样
刻上我惊诧的眼神

我依然在默默剪着羊毛
一卷　一卷
如平静大地上的烦恼

我依然牧羊
在寂静
只有羊只脚印的草原上
看各样的蝶
飞过

一年
又一年
我寻一只曾经受伤的
一只五颜六色的蝶

度完余生
我依然
供奉我的珊瑚刀
红色的刀柄
记录每一天的阳光，泥泞
还有我
艰难求索的历程

那一天
我的羊群消失了
仿佛昨天流动的白云一样

那一天
一个女人到了我身边
她用身体
记录一只蝶的伤痛
她用身体
记录我的绝望

看着落日
一个老人
在微笑中远去

他把他的珊瑚刀
留给了那个女人
也从此
丢弃　预知未来
而女人
何曾知道
珊瑚刀是这个男人
一生的怨愤
及畸变的爱

只是
在拥有时
就有迟到

竹林语

竹林，鸟鸣，寺庙钟声
少女，孤独中
释放一早上的
阳光，晨露

竹林墙外竹林雨
写尽江南
爱情
无数个，宋词惆怅

春尽处
落一地桃花
三两瓣
画一生沉浮

屈子梦过来过

早上的阳光刚好照进麦城
不偏不倚
这片水域不是尼罗河，继续向东
却将汨罗水，半推半就误识
流沙在渴望的人眼中
闪烁成冤屈的河
孩童自此降生

六月，马兰花和枸杞花盛开
我聆听羊群来过的声音
一片云饮水一荒漠
葡萄一样的蹄印解锁
牧羊人，缓缓到来

时常在一株麦芒上
沿着黄土地、河道，沿着它们的交汇
梦两千余年流放的老者
沙枣殷实，门口的桃符已历半生
旱烟的味道依旧熟悉
屈了·可曾留下信札

一只羊，一只羊
只听见苏武敲门
偶尔，他黝黑的脸庞被错认
疲惫的屈子在栽种倒立麦蒿的沙土上
采艾回家
喝咸泉水的乳羊仍在郊外

过塔尔寺

打马数千里
从尼罗河到恒河
向虔诚的老妪问路
她说她是个诗人的女儿
她的世界经历战争和凌辱
她走向孤独的石城
在那里寻找心中的主和安宁

我在混沌中苏醒
以残落的花叶为食
以膻腥的羊奶为饮
母羊离奇死亡
不知它是否从山洞的钟乳石上垂落
疗救一个居无定所的人
偶尔，我也用残破的诗篇
尚存的经卷
换取笔和钝了的兵器

端坐在草场，手擎王冠王服
月上三竿时，我和一个盲老妪
共同拥戴海子为王

在兰州

仿佛一座驿站
我从南方荔枝的故乡颠簸而来
这次，我却将它作为生命中
不曾来过的地方

感受黄河母亲脉脉含情
有时候
沙子计较的不光是时间
中山桥如同一匹疲惫的老马
战争过后卧冰咏志

香客依稀
青石板路上愿望生长
道家又开始了
一年一度的辟谷
我们再次以交易的方式
赎回丢失的诺言和仁慈

一圈又一圈的牛羊挺直腰身
豪迈入城

听憨直的酒客行令猜拳
排兵布阵
死也要像秦兵般从容

今夜
我以游子的身份
聆听五泉山上解冻的山水
那一刻，汉唐竹简
推心置腹
我在天明间驯化成
赎罪的羔羊

青　瓷

听得进万马奔腾
听得进厮杀震天
宁静的宋朝
品茶咏诗，见微知著

三月的江南不晴
女子的身影寂寥
油纸伞在雨中散了又来
丁香何曾相识

晶莹剔透，漫掩书卷
窑火风味不等
贪趣，也会让一株兰花
丢失本真，万古流芳

青海湖

黑的、白的牛羊
沿着祁连山脚
像贴着天鹅的嘴唇
寻着阳光，默默地退出草场

挨着天的季候
时而晴好，时而雷鸣，时而零星雨落
七八月的空气
我怀疑上苍之外
谁落下一顶帐篷
倾斜的一角，留予我们登上这高原
醉心窒息
我们从一个透明罐子里逃脱
试图放弃负重
正让脚亲临，地下生命涌动
呼吸匀称

马兰花在倾斜的镜子中
窥探到别致的腰身
她在我们到来前

宣扬人所共知的秘密
那充斥着蓝的玉镜
可是女娲娘娘炼五色石补妆的
那里
曾盛装布满谎言的尘埃
倔强的龟足
悲悯的月牙儿
登上飞马的脚踏石
两道青纱缆绳

白天，我们听浪奔袭石岸
夜晚，唯有脚步声急急
仿佛星星在一张黑幕中赶路
我在梦中沉浮，如一条醉了的鱼
东西两端角力
整个镜子翻向背面
一些地下的人，围着火堆和军帐
在没有月色的水面上饮酒歌舞
五点多钟，夜行人步出我的梦境
日子从镜面上重新到来
草丛中只留下嬉戏者的汗和泪
露珠一样寒冷，带着日出和鸟鸣消散
立在那里，我们凝望
深深的眸子里
仿佛沁透另一种冤屈
未及布施
她早已将我们裸露的内心

劫持远去
留在我们身边的
只有一页残破的《古兰经》

拾苞米的女人

丰收季在云的垂落下淡去
火，在农夫的手中亲吻苞米地
脚步依稀，麦子生命燃尽
向天空赌一张黑色的网

小路，水渠
生命中从未更改的色谱
斜挎的篮子
曾经，锁住一些儿时的含辛茹苦

归去，归去
夕阳，像一条沉睡的火龙潜入海底
汗水沾满头巾的女人
在深秋故地，捡起数天的日子

现实，逼真得，几乎无法用画笔描绘
时间的褶皱，猛然抬头
跳跃在地平线上
风寒，病与痛，祈祷行止孤单的女人

冬藏，春种
一个家族，几百年的火脉相传
延着浮落的灰烬，似乎还带着麦季的味道
寻找，度一时一世的命

归来时春天

霓虹灯下，这陌生的城活着的城
奔跑，沸腾，繁衍
在父亲的烟斗的滋滋声中
雪花，仿佛他的麦苗一样
燃烧，成长
父亲，依旧沉默

二十九岁的年末
这一天，我是虔诚的信徒
阳光透过我的胸膛
留下野火的气息和温暖
火，火
总有毕毕剥剥释放的一天

还记得，从前落雪的小院
盛放年少启程的炽热
陈年的木门，裂痕外的世界
凑近叫卖声与车辙声
如同一把生锈的锁
那时，门，还有门闩

算计我将远离的时间——
一把锁足够封闭一扇门

风拂过白帆
阻力远小于清晨布谷鸟"布谷"时的心脏
怀疑，我在碧蓝的海上
怀疑，我在透明的空瓶子里
背着旧皮囊和翻印的地图
脚下，从来唯有远方
一路上，转经筒总在眼前
诵念声不绝于耳

二十九岁
仍然闪烁往事的烛火
好像在眉宇间
迎着阳光，寒冬
苦苦孕育一方早春

候鸟，开始返航
天空中的音符，向阳和鸣
到那里造船　安家　度斜阳

父亲依旧在他溺爱的大地上
一把麦草还有火的灰烬
他的羊群，在余温中诞下小羔羊
一丝桃花琴弦，勾抹浮华

走过脚下这土地
梦一回，流放的青春
村落，家啊，归程里土黄色的绿
三岔口，父亲和他喂养的母羊
迎我沉重的脚步
麦田里，我赎罪丢掉的皮
主动献祭，一场时间外的种植，收获

生命，经历父辈走向我
它——从未说谎

麦城请愿者

香味溢人手指
麦城的麦子已经抽穗
像一个沉稳的绅士
立于石基之间，起于清风之上

一条白底黑字的条幅
是五月是此刻天空下最醒目的游龙
控诉麦子的长势，还是石头的城府
警笛如同酒醉后嘲笑的幻觉

喧哗声，老死不相往来恐无济于事
被打扰的麦穗头
不惮这凡俗的日子
司空见惯，好比惜时的音乐家

今夜，向西的驼队
缺了口粮，以燕麦为食
在石砺根，始终未能走出这悠长的版图
蹄印如刀，一跺一跺扎在城心

离开小北门

没有沙尘的风
有青山，绿水
一座灯柱却烟熏尘落
飞龙盘踞，须根仍在

十二年，我和兄弟们简以聊饮
偶尔，我们是快乐的
那株歪了的树，我常在那里思考未来的我
更多的时候我们沉默寡言

你说，今晚我们看到的天和树
明天就不再是，就像他们同样看待我们
是的，那以后，我将吃剩的油籽种在树下
任雪漫落，任雨浇泼

那年，我离开小北门
离开了这一脉汉水
有时看见灯就像看见一个熟悉的小沙弥
在树下祷告

我，不再是我
正是那一天天长大的油籽
坐听禅音和错过的兄弟们

燃烧的麦城

六月的麦城
一切都燃烧　沸腾起来
绿的树枝　黄的灯光
以及波澜不惊的湖泊

甩掉夏的困乏
任毒辣的太阳穿过身体
就像一列飞驰的火车
穿过山脊

你从辽远的北方
独自逃到这火城
石头，会说话的石头
发着火气
奔跑的马匹，乱了鬃毛
蒲扇摇动起曼妙身姿

你从黑夜中来
望那灯火通明的建筑群
机器轰鸣胜过蛙鸣和虫鸣

你说，那多像故乡
一个部族的舞蹈正起
一个劳作者
迎娶酋长脑瘫的女儿

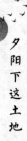

两个人的爱情

倾斜的青海湖，一半是你一半是我
连湖畔的野百合都知道
爱情是两个人的阳光

爱情的风

向西风口勇敢呐喊
青海湖面倾斜，我们猝不及防
倒出一叠又一叠温润的蓝

皑皑白雪

封口的大瓶子里
风来回旋转
谁的白眉和胡须一起飞翔

落 雪

发令枪未响
抢道的簌簌偏离跑道
下一次起跑，寒冷自周身不约而至

沙尘暴

一木锨一木锨扬起
丰收的粒子，在风中脱壳
降成土地的颜色

蛙　鸣

一串蛙鸣，浮在雨后荷叶上
仿佛雷雨后
遗落在汨罗江畔的千层底

汉 字

三千甲士
铁骑横扫中，血肉模糊
依旧铁骨铮铮

沙 画

聚拢离散的尘埃
光和影扮靓分岔口
手指成为主顾，轻盈地路过

钉秤手艺人

星花方寸间锱铢必较
我的刻度
计量你柴米油盐

绞 脸

点与线作为绞架
平原风紧
对追逐自由的牧草判以绞刑

捏面人

拿捏、修剪
你以粗糙的手为画笔
描摹丢失的童年

铜　匠

咂摸温度和流动金属的爱情
作为后来者
酒说铜壶，肚里有话

锉刀磨剪子

将偏色的人生污点
置于磨刀石上
吆喝声中焕颜一新

爆米花

炮弹声落
你在如花绽放的年华
舍身成仁

麦秸编织工艺

几株麦子
在经纬交错中
继续抽穗成熟

吹糖人儿

笛箫吹奏中
唐三藏师徒四人
重整衣冠礼佛取经

修钢笔

溃疡修复后
一只蜜蜂继续按原轨迹
求偶采蜜

剃头匠

穹庐外草木皆兵
堂吉诃德——披挂出征

精修钟表

泊岸的游轮
在等分的浅水湾
重新发动机舱

纳　鞋

一步一岗
沿护城河围城
囚禁阿喀琉斯

蒲编工艺

巧舌合纵连横
将前世今生的孽缘
打叉盘结

砖雕工艺

钻子、刨子、锯子
让我烧焦的内心
以脸谱的形象重新复活

老扎匠

抚弄琴弦
广寒宫做客后
私逃的月光从你手中涓涓流出

油炸馓子

身先士卒
一元的地下船票
沸腾中舍身成仁

补 锅

女娲娘娘的门徒
五色石外冶炼
堵悠悠众口

铁 匠

风箱风箱
我的荣光之路还长
请给我以力以风

西江月号子

坐船头的妹妹
回首看看为你拉纤的哥哥
路途遥远，琼花已经开败

刻　章

尖口刀和平口刀下
人
立在方正间

村庄里的童年

门前的小河流
请慢点，不要将漏在水面的村庄
全部卷到童年外

麦　叶

自抽芽时长大
雨天掩麦穗入怀，阳光下补足给养
收割时成为母亲的掌纹

蜘　蛛

任十万火急
中军帐内悠然打坐
万物皆由我道门生

重庆棒棒

挑着万仞山，走万里路
柴米油盐的矮檐下
吆喝声中足迹终高于山

相　思

黄昏的一味药
怕管不了夜晚的心绞痛
如豆灯火中望归，或可减轻伤病到天明

露　珠

饱满的颗粒盛装宋的清瘦
尊严不可悬吊
我决心在被俘前跳下崖山

裸身纤夫

一条脐带，给我力量和供养
五千年，从未和母体分离

别故乡

故乡的脚趾
再次刨出笋尖
随身的笛子，奏一曲《阳关三叠》

归 乡

竹影下议而不决
滑沙之行延宕
哪怕一声惋惜也好

异 乡

看霓虹灯缓缓降落眼前
午夜的街道
只有我来不及长大的方言回声

宋朝猎户

弓箭和火把，略去月的清瘦
酒碗中跌跌撞撞
武二郎本是小户人家

上弦月

乡愁时节的一柄刀
寻热血中
公羊的结石

货郎担

挑起满肩的诱惑
走街串巷
放下——人潮中心

沙　漏

聚集成塔
奈何点数光阴
流走的和剩下的孰轻孰重

读 史

仿佛竹简，韦编
手和眼，过滤到现在
字与字的间距，沉沦多少往事

楚大夫

我的耳蜗降下蓝色
一个渔夫祭拜一个诗人
今夜钓竿沉重，咬钩的是一本宋版《楚辞》

曲 阜

头枕冬麦
醒来周游列国
一个图腾锋芒毕露

坚持下去，这仅仅是开始（后记）

一

"仰之弥高，钻之弥坚"这句古语，让我知道了打井和学问之间的共通性。

有关打井，是我小时候听到的传颂最多且记忆犹新的故事之一。因为家乡地处干旱地带，打井取水成为灌溉庄稼和人畜饮水的主要方式。我的好几个远房爷爷辈人都是打井方面的专家，我也从他们口中知道了打井的艰难——选择合适的土地和打钻的方法，构建导流系统……夜以继日地打，持之以恒地打，地下水喷涌而出的那一刻，值得每个人为之欢呼，这时候的水，已经超越灌溉水或饮用水的概念，它是汗水，是黝黑的肤色，是久违的微笑，是战胜自我的喜悦。

写诗又何尝不是如此呢？作品的表达中心和价值中心都来源于打钻的初始及打钻之后的辐射范围，也就是"初心"及其感染力，不仅感动自己，还要感动别人。

正式进入文学领域，诗歌、散文、小说等均尝试过，经过积淀，发现最适合个人表达的还是诗歌，所以在这条路上一走就是十四年。有句话说选择大于努力，或许表达的就是这个意思。写诗的过程，先是一种逼迫，给自己定量阅读诗歌，后来是一种自觉，再后来就是在这个路途上，同好者、老师前辈的激励，能走到今天，有一种幸运，当然还有一份坚持。

二

不同层的土壤，不同的"钻营"阶段会决定写诗的境界。写的过程就是一个寻找另一个自我的过程，就是守望故乡和亲人的过程。当然，"钻取"的过程，除了痛并快乐，也会有疑惑。

比如关于诗歌的形式和内容。诗歌中内容的选择是否也受制于形式，或者说，形式这个容器只盛放合适的内容？关于灵感写作。如何让灵感成为写诗的动力，而不是阻力？有时灵感摹写出来可能会变样。关于跨文体写作。跨文体创作是否可取？如诗歌散文化、诗歌小说化，将散文和小说的某些元素运用到诗歌中。关于诗歌的灵气。诗歌如何写出灵气？个人感觉不单单是语言上的追求，还应有个内核东西在左右。

还有，机器人是否会取代人创作出更高艺术水准的诗歌？我听到的回答：如果真有机器人取代人的思想和感情的那一天，那人已经异化到了对立面，成为空有肉体的机器人，没有了孤独感和温情，文学自然也就没有了存在的价值。而且，如果机器人以其记忆力和感受力超越人类，事实上已经实现了对人类的文化消灭，最大的失败就是文化的摧残。彼时，人已经不是现在这样的人，就如同我们看待一群蚂蚁，尽管他们也有语言，但我们解读不了，也不是一种自适应和反思及忧患的语言，所以没有更多优越性。同理，机器人或许也是以这样的视角看待未来的人类，而且他们还能掌握人的语言、文化及习惯。

这些困惑，部分是在创作过程中感受并解决的，毕竟，在前进路上解决问题本身就是一种聪慧的做法，同样是一种不错的抉择。然而，更多的依旧没有解决，所以我们需要文学，需要全情热爱，需要持续探索。

三

写诗好比风雨兼程地赶路，而这条路与常人所走的路不同（我们是纵向的，或攀爬，或向地心），更多时候是孤独的。偶尔，会在路上看到同路人经过的闪光，足以温暖自己，继续走下去。

在即将收笔之际，我衷心感谢亦师亦友的高晓晖先生、周中先生、邓炎清先生、刘丽君女士、张泽雄先生、蔡峥嵘女士、王俊先生、袁希安先生、南竹先生、静月女士、何正早先生、常亮先生等，正是你们的指导和激励，让我在这条注定不平的路上坚定地走下去；感谢我的恩师王辉斌先生倾情写序，并对我从事研究之路提出建议，您是我永远学习的榜样；感谢杨新强先生，感谢您一度对"文化人"的尊重，让我从另一个维度感受诗歌的别样魅力；感谢李利国先生和武汉东安工贸有限公司，感谢许强先生和湖北黄龙山旅游投资有限公司，没有你们的倾力支持，我的诗集仍在冬眠；感谢为这本诗集出版而付出辛劳和智慧的景秀文化徐倩女士；感谢先期为筹划出版付出心力的王智梅女士、袁冲先生、叶友志先生，感谢为这本诗集的出版而奔走的马刚兄、赵勇兄，感谢摄影师暴寅鹏兄，感谢编校这本诗集的老师们……要感谢的人太多，限于篇幅，恕不一一列出。就让我以诗歌之名，感谢那些帮助我实现初心的人和组织！

以这本《夕阳下这土地》为开端，我的路才刚刚开始。无论晴好或阴雨，无论富足或贫穷，在时间的边上不断种植，坚持举行一个个摆放灵魂的仪式，不也是幸福的吗？

保强于江城

2017 年 11 月 7 日